Pastablues

Von Susanne Kammerer

Buchbeschreibung:

Als Sofia ihren Mann Nik in flagranti mit einer anderen erwischt, will sie die Trennung und zieht zu ihrer Mutter. Doch das ist gar nicht so einfach. Denn gemeinsam mit ihrem Noch-Ehemann führt sie ein erfolgreiches Restaurant.

Zu allem Unglück kündigt auch noch Sofias Nonna aus Italien ihren Besuch an, um sich bei ihrer Enkeltochter und deren Ehemann von einem Herzinfarkt zu erholen. Da die resolute und strenggläubige Großmutter von Scheidungen nichts hält und Sofia sich um deren Gesundheit sorgt, überredet sie Nik kurzerhand, für die Zeit während Nonnas Besuch wieder mit ihr zusammenzuziehen und das glückliche Paar zu spielen. Doch Nonna reist keineswegs alleine an. Im Schlepptau hat sie einen attraktiven Italiener, und zwar ausgerechnet Marcello, der bei Sofia nicht nur in ihrer Teenagerzeit für Herzklopfen gesorgt hat.

Über die Autorin:

Susanne Kammerer lebt mit ihrer Familie in Bayern. Vormittags schreibt sie Geschichten und nachmittags ist sie als Taxifahrerin für ihre Kinder tätig. Wenn sie nicht gerade in die Tasten haut, näht und liest sie gerne oder genießt einen ausgedehnten Waldspaziergang mit ihren Lieben. Außerdem hat sie eine Schwäche für Spaghetti mit Tomatensoße und die Gilmore Girls.

Pastablues

Von Susanne Kammerer

1. Auflage, 2020

Copyright © 2020 Susanne Kammerer

Lektorat: Kornelia Schwaben-Beicht

www.abc-Lektorat.com

Herstellung und Verlag:

BoD- Books on Demand, Norderstedt

ISBN: 9783749484188

©Covergestaltung: Torsten Sohrmann

www.buch-gewand.de

Grafiken/Fotos:

elysart – shutterstock.comDaria Ustiugova – shutterstock.comSanychs – depositphotos.comnataliahubbert – depositphotos.comrishagreen25 – depositphotos.comVikeriya – depositphotos.com

Liebe ist nicht das was man erwartet zu bekommen, sondern das was man bereit ist zu geben.

(Katharine Hepburn)

Sofia

Draußen erwachte die Stadt zu einem nebeligen Herbsttag. Doch selbst schlechtes Wetter konnte meine Laune heute Morgen nicht trüben. Aufgeregt tippelte ich ins Badezimmer und schnappte mir das Fieberthermometer, welches ich gestern Abend griffbereit neben der Toilette positioniert hatte. Laut meiner Mutter waren nur diese altmodischen Dinger auch wirklich zuverlässig. Zufrieden studierte ich nach wenigen Minuten das Ergebnis meiner Körpertemperatur.

Heute war es wieder so weit. Jedenfalls hoffte ich das. In diesem Moment ärgerte ich mich darüber, dass ich Niks Wunsch nach einem Handyverbot im kompletten Obergeschoss nachgegeben hatte. Von wegen dann käme ich abends besser zur Ruhe und würde morgens gelassener in den Tag starten können. Jetzt konnte von Ruhe und Gelassenheit keinesfalls die Rede sein. Denn nur meine App würde mir endgültige Gewissheit verschaffen.

Gerade wollte ich zurück ins Bett kriechen, überlegte es mir jedoch anders. Ich blickte hinüber zu meinem noch schlummernden Mann. Wie gewöhnlich schlief er nur in Boxershorts. Sein nackter Bauch hob und senkte sich gleichmäßig. Für einen kurzen Moment war ich versucht, ihn sofort zu wecken. Doch ich wollte mir lieber ganz sicher sein und mir zumindest vorher die Zähne putzen.

Leise lief ich die Treppe zur Küche hinunter und startete unseren teuren Kaffeeautomaten, welchen ich Nik zu unserem letzten Hochzeitstag geschenkt hatte. In Gedanken hörte ich meine Nonna meckern, weil ich so einem neumodischen Ding den Vorzug gab, statt den Kaffee mit der Hand aufzubrühen, wie es sich ihrer Meinung nach für eine echte Italienerin gehörte. Ich stellte meinen morgendlichen Espresso auf dem Fensterbrett ab, schaltete mein Handy ein und öffnete aufgeregt die Fruchtbarkeitsapp. Mit zitternden Händen tippte ich meine Temperatur ein.

„Yes, ich wusste es!" Siegessicher reckte ich meine Faust in die Höhe. Diese großartige App versprach mir den perfekten Tag, um schwanger zu werden. Schnell kippte ich meinen Espresso hinunter und verbrannte mir dabei beinahe die Zunge.

Ich erinnerte mich kurz an den Internetartikel für Frauen mit Kinderwunsch, den ich gestern erst gelesen hatte und der vor Kaffeekonsum warnte, weil Koffein die Fruchtbarkeit beeinträchtigen könne. Doch ich hatte mich entschieden, darauf zu pfeifen und weiterhin mein morgendliches Ritual zu genießen. Kaffee galt in meiner Familie ohnehin als Lebenselixier, und nach zwei ergebnislosen Jahren sollte es doch endlich mit unserem Wunschbaby klappen. Vor drei Monaten hatte ich mir hoffnungsvoll diese App auf mein Handy geladen. Und laut unseren Ärzten waren Nik und ich vollkommen gesund.

„Es ist ganz normal, dass es bei manchen Paaren länger dauert, ein Kind zu bekommen. Sie sollten versuchen, ihren Stress etwas zu reduzieren", hatte Dr. Bachmeier mir geraten. Der hatte leicht reden. Schließlich musste der gute Mann kein Restaurant leiten.

Erschrocken blickte ich auf die übergroße Uhr im Vintagestil, die über der Küchentür hing. In einer halben Stunde würde Niks Wecker klingeln. In meinem Bauch kribbelte es. Gleich würden wir Sex haben und dabei ein Baby zeugen.

Zurück im Bad, bedurfte es meiner ganzen Konzentration, mir die Haare zu bürsten, meine Zähne zu schrubben und mir noch schnell die Wimpern zu tuschen. Irgendwie hatte ich das Bedürfnis, mich ein wenig aufzuhübschen. Ich wollte ihn verführen, gleich nachdem er aufgestanden war. Denn abends schnarchte er regelmäßig schon, kaum dass sein Rücken die Matratze berührte, und dann würde ich keine Chance mehr haben, meine Verführungskünste einzusetzen.

Kritisch beäugte ich mein Spiegelbild. Mein schokoladenbraun gefärbter Bob konnte durchaus wieder einen Friseurbesuch vertragen. Die honigblonden Strähnen dazwischen waren auch ganz schön herausgewachsen. Dabei sollte die Farbe doch aussehen „wie von der Sonne geküsst". Meine Haut wirkte blass, doch für ein komplettes Make-up fehlte mir die Zeit. Blöderweise rammte ich mir gerade die Wimperntusche direkt ins Auge, als plötzlich die Tür aufging.

„Morgen", brummte Nik, während er sich an mir vorbeischob und den Klodeckel aufklappte.

Da ich mit meinem verschmierten Auge beschäftigt war, ignorierte ich die Tatsache, dass mein Mann in meiner

Anwesenheit ganz ungeniert pinkelte. Als er die Spülung gedrückt hatte und anschließend den letzten Rest aus der Zahnpastatube quetschte, starrte ich ihn entsetzt an. Sein Wecker hatte doch noch gar nicht geklingelt! Nik brachte meinen ganzen schönen Plan durcheinander! So ein Mist!

Da mir jetzt nicht mehr viel Zeit blieb, verzichtete ich auf eine Dusche und sprühte nur schnell etwas Deo unter meine verschwitzen Achseln. Nik, der hinter einer duftenden Vanillewolke verschwand, hüstelte.

„Kannst du damit nicht warten, bis ich wieder draußen bin?" Aus den Augenwinkeln bekam ich mit, wie er seine Augen verdrehte. Ich würde mich ordentlich ins Zeug legen müssen, um diesen Morgenmuffel herumzukriegen und zu verhindern, dass er gleich zum Joggen ging. Normalerweise lief er jeden Tag noch vor dem Frühstück an der Donau entlang.

Rasch verließ ich das Bad. Mit einem Satz war ich im Schlafzimmer, riss mir den Schlafanzug vom Leib und warf mich nackt auf das Bett. Als Nik den Raum betrat, rekelte ich mich verführerisch auf dem Laken und schenkte ihm ein träges Lächeln.

„Komm zu mir", raunte ich zusätzlich, als mir klar wurde, dass er im Schrank nach seinen Laufsachen stöberte, statt sich auf mich zu stürzen. Seufzend stand ich auf und schmiegte mich von hinten an seinen Po. Nik drehte sich um, und für einen kurzen Moment berührten meine Lippen seinen Hals. Meine Hand wanderte in Richtung seiner Shorts. Doch dort regte sich rein gar nichts.

„Was soll das werden, Sofia? Du weißt doch, dass ich morgens immer meine Runde laufe.“

Ungläubig starrte ich ihn an. Dabei war früher er derjenige gewesen, der von meinem nackten Körper nie genug bekommen hatte.

„Laut meiner App ist heute ein guter Tag. Der beste in dieser Woche“, murmelte ich etwas entmutigt, wagte jedoch einen erneuten Versuch und hauchte ihm einen Kuss in den Nacken.

Als er wieder nicht reagierte, ließ ich mich enttäuscht auf das Bett fallen. Nik setzte sich neben mich und strich mir eine widerspenstige Strähne aus dem Gesicht. Sein Blick war ernst.

„Ich habe dir doch schon so oft gesagt, dass es für mich auf diese Weise nicht funktioniert. Ich kann nicht auf Kommando Sex mit dir haben … und schon gar nicht, wenn du mit dem Thermometer vor meiner Nase herumfuchtelst! Wie das letzte Mal. Außerdem kommt die Getränkelieferung um zehn, hast du das schon vergessen?“ Er küsste mich auf die Wange und zog sich ein Shirt über den nackten Oberkörper. Wie schade.

Sein Sixpack von früher war einem kleinen Bäuchlein gewichen. Doch das machte ihn für mich nicht weniger attraktiv. Ich wusste um seine Schwäche für meine hausgemachte Pasta und die leckeren Desserts. Ich wusste auch, dass Anna, meine Lieblingsmitarbeiterin im Restaurant, immer etwas davon für ihn im Kühlschrank versteckte. Seit einer Woche verzichtete er auf eine Rasur, was ihn in Kombination mit seinem dunklen Haar ein wenig verwegen wirken ließ.

„Die letzten Male hast du mich auch schon zurückgewiesen", sagte ich mit beleidigter Kleinmädchenstimme. Wir hatten jetzt schon seit einer gefühlten Ewigkeit nicht mehr miteinander geschlafen.

„Mensch, Sofia, die ganze Zeit hältst du mir irgendetwas vor. Einmal nervt es dich, weil ich deiner Meinung nach zu viel Wert auf Ordnung lege, oder ich bin zu streng gegenüber unseren Mitarbeitern. Ein anderes Mal geht es dir mit der Renovierung im Haus nicht schnell genug voran, und wenn es das nicht ist, dann nervst du mich mit deiner idiotischen App! Wie soll ein Mann da noch einen hoch kriegen?" Er war etwas lauter geworden.

„Das ist nicht wahr …", verteidigte ich mich, ohne ihn anzuschauen. Mein Herz begann zu rasen, und fieberhaft überlegte ich, wie ich ihn doch noch zu mir ins Bett bekommen könnte. Da ich etwas dafür brauchte, bemerkte ich zuerst gar nicht, dass Nik schon so gut wie weg war.

„Ich bin in einer Stunde zurück." Betreten stand er im Türrahmen und murmelte etwas vor sich hin, was ich nicht verstand. Dann war er auch schon verschwunden.

Traurig und frustriert schleppte ich meinen Körper ins Badezimmer und gönnte mir eine ausgiebige Dusche. Meine anschließende verzweifelte Suche nach sauberen Sachen – ich war schon einige Zeit nicht mehr zum Waschen gekommen – endete mit einem Raubzug bei Niks Klamotten. Die schwarze, enge

Jeanshose von gestern konnte ich noch einmal tragen. Ich kombinierte sie mit einem weißen Herrenhemd, welches ich lässig über dem Hosenbund zusammenknotete. Wenn ich zu diesem Look hohe Schuhe trug und meine Haare zu einem lockeren Dutt zusammennahm, würde ich mich in der Spaghetteria so durchaus sehen lassen können. Auch wenn ich im Restaurant immer eine Schürze und eine Haube trug, wollte ich darunter gut aussehen. Eben wie eine erfolgreiche Frau, die ihr Leben im Griff hatte.

Ich lugte auf das Etikett und schmunzelte, als mir der Name einer teuren Designermarke entgegensprang. Nik würde nicht begeistert sein, mich in seinen Klamotten zu sehen. Was seine Kleidung anging, war er überaus penibel.

Ich musste mich dringend um meine Wäsche kümmern und mir überlegen, was ich an meinen Verführungskünsten verbessern konnte. So schnell würde ich nicht aufgeben. Außerdem meckerte ich gar nicht so viel herum, wie er gerade behauptet hatte. Vielleicht sollte ich in Zukunft nur nicht so aufdringlich wirken. Laut meiner App war morgen auch noch ein guter Tag. Das musste ich meinem Mann ja nicht auf die Nase binden.

Hungrig durchstöberte ich unseren Kühlschrank nach etwas Essbarem. Schließlich entschied ich mich für die Penne all'arrabbiata, die ich gestern aus der Spaghetteria mit nach Hause genommen hatte. Ich wärmte mir die Nudeln in einem kleinen Topf und rieb ordentlich Pecorino über das Ganze.

Nik schauderte es immer angesichts meiner seltsamen Frühstücksgewohnheiten. Doch morgens, wenn ich Hunger hatte, schaufelte ich alles Mögliche in mich hinein. Während ich die Nudeln auf die Gabel spießte, dachte ich an Nonna. Sie verstand nicht, wie ich hier in Deutschland Pasta als Hauptgericht servieren konnte. In Italien war das immer nur der Auftakt zu noch viel mehr Essen, der erste Gang quasi.

Seit Großvaters Beerdigung hatte ich meine Oma nicht mehr gesehen. Ob sie sich sehr einsam fühlte? Vielleicht sollte ich sie bald zu uns einladen. Das Haus kannte sie bisher nur von Fotos.

Mein Blick wanderte durch die Küche. Sie war mein absoluter Lieblingsraum im ganzen Haus, und ich war dankbar, dass Nik mir hier freie Hand gelassen hatte. Gemeinsam mit unserem Schreiner hatte ich meine Traumküche entworfen. Das viele Holz ließ den Raum warm und gemütlich wirken, und die dunkle Arbeitsplatte aus Marmor verlieh dem Ganzen trotz des rustikalen Stils einen modernen Touch.

Küche und Wohnzimmer waren bei uns ein offener Raum, wodurch er weitläufiger wirkte, als er in Wirklichkeit war. Durch die riesigen Fenster drang viel Tageslicht herein, und an dem großen Tisch an der Wand konnten wir viele Gäste bewirten. Obwohl ich in meiner Spaghetteria den ganzen Tag nichts anderes tat, liebte ich es, auch zu Hause für meine Lieblingsmenschen zu kochen, und hoffte, dass sich bald wieder die Gelegenheit für eine kleine Party bieten würde.

Nik und ich hatten dieses Haus letztes Jahr gekauft und mit Hilfe unserer Freunde renoviert. An diese Zeit erinnerte ich mich ungern zurück. Nik und ich waren oft erschöpft von der Arbeit gewesen, und die Sanierung am Haus hatte uns viel Zeit und Kraft abverlangt. Zwischendurch hatte ich geglaubt, unsere Ehe würde das nicht überleben. Doch wir hatten es geschafft. Und alles andere würden wir ebenfalls schaffen. Auch, ein Baby zu zeugen …

Seufzend genehmigte ich mir einen zweite Tasse Espresso und rief Anna an. Sie sollte Nik nachher bei der Getränkelieferung helfen. Und morgen Abend war mein Liebster dann fällig, dafür würde ich schon sorgen.

Nik

Erleichtert, nicht weiter in Sofias enttäuschtes Gesicht sehen zu müssen, zog ich die Haustür hinter mir zu und rannte los. Der Nebel versperrte mir die Sicht, und ich konnte kaum den Boden unter meinen Füßen sehen. Doch die Strecke war mir vertraut.

Seit wir vor drei Monaten in unser Haus eingezogen waren, gehörte das Laufen zu meiner täglichen Morgenroutine. Ich rannte, als müsste ich gegen einen starken Wind ankämpfen, und ignorierte das Stechen in meiner linken Seite. Vorne, bei der Steinernen Brücke blieb ich keuchend stehen und lehnte mich gegen eine Mauer. Mein Körper schien beleidigt, weil ich heute meinem üblichen Tempo nicht treu geblieben war, und meine Beine fühlten sich schwerer an als sonst, wenn ich am Wasser entlang joggte.

Die Ader auf meiner Stirn pulsierte, und in diesem Moment genoss ich das Alleinsein wie lange nicht mehr und hoffte, dass Sofia nicht mehr zu Hause sein würde, wenn ich später unter die Dusche stieg. Ich wollte sie heute nicht noch einmal zurückweisen müssen. Allein bei dem Gedanken an den traurigen Ausdruck in ihren Augen zog sich mein Magen zusammen. Die To-do-Listen in meinem Kopf schienen kein Ende zu nehmen, und der immense Kinderwunsch und all die „Verführungsversuche" meiner Frau bauten eine dermaßen große

Erwartung auf, die jedes Mal mit der Enttäuschung endete, dass es doch wieder nicht geklappt hatte.

Meine Muskeln schienen sich langsam zu entspannen, doch mein Herz wollte nicht zur Ruhe kommen. Ich holte zittrig Atem und wünschte, der Druck, der sich mit der Zeit aufgebaut hatte, würde wieder verschwinden.

Unser Restaurant lief großartig, und ich war stolz auf das, was wir gemeinsam auf die Beine gestellt hatten. Doch die Arbeit wurde nicht weniger, und ich wünschte mir mehr Zeit, sodass ich die restlichen Zimmer im Haus renovieren und den Garten gestalten konnte. Außerdem sehnte ich mich nach einem freien Wochenende, und Sofia, die mir in letzter Zeit ständig mit dem Thermometer vor der Nase herumfuchtelte oder auf ihre bescheuerte App deutete, trug nicht gerade zu meiner Erholung bei.

So sehr ich sie liebte und obwohl ich sie nach wie vor begehrenswert fand, rührte sich bei mir in letzter Zeit nichts. Von uns Männern wird erwartet, dass wir immer Lust auf Sex hatten. Wie sollte ich ihr erklären, dass ich nicht konnte? Mein männliches Ego fühlte sich schon genug gekränkt. Also gab ich mich entweder gestresst, was genau genommen ja keine Lüge war, oder vertröstete sie auf ein anderes Mal. Ja, ich wünschte mir ebenfalls Kinder mit Sofia. Doch wenn es nicht klappen sollte, würde ich mit ihr zusammen immer noch glücklich sein.

Ich warf einen Blick auf die Uhr und ließ mir auf meinem Rückweg absichtlich länger Zeit. Erleichtert stellte ich fest, dass

Sofias Fahrrad nicht mehr neben dem Hauseingang lehnte. Der große Wohnraum mit offener Küche sah aus, als hätte sie schnell die Flucht ergriffen. Zwei benutzte Espressotassen standen auf dem Tisch, ebenso Reste von Sofias Frühstück. Nudeln am Morgen, wie ekelhaft! Wie so oft hatte sie vergessen, den Laptop auszuschalten.

Ich warf einen Blick auf den Bildschirm, bevor ich ihn zuklappte, und stellte erleichtert fest, dass sie sich zur Abwechslung auf Pinterest zu neuen Rezeptideen inspirieren ließ, statt einen weiteren Artikel zum Thema Kinderwunsch zu verschlingen.

Bevor ich mir eine ausgiebige Dusche gönnte, räumte ich das Geschirr in die Spülmaschine und ärgerte mich einmal mehr über Sofias Schlampigkeit. Während sie in der Spaghetteria großen Wert auf Ordnung legte, lagen ihre Sachen bei uns zu Hause überall herum. Auf dem Weg ins Badezimmer sammelte ich ein paar ihrer Blusen ein und warf sie in den Wäschekorb, der bereits seit Tagen überquoll.

Ich genoss das heiße Wasser auf meiner Haut und fühlte mich ein wenig besser. Für einen kurzen Moment überlegte ich, mich zu rasieren. Doch Sofia und den Mädels im Restaurant schien ich so zu gefallen. Also ließ ich es sein.

Mit der Tageszeitung in der einen und einem Kaffeebecher in der anderen Hand, machte ich mich zu Fuß auf den Weg zur Arbeit. Ich genoss den Luxus, nicht auf ein Auto angewiesen zu sein. Zwischendurch genehmigte ich mir einen Schluck von meinem Cappuccino und dachte an Sofias Nonna, gegen deren handgebrühten Kaffee unser Vollautomat einfach keine Chance hatte. Ich fragte mich, wie es Concetta wohl ging, jetzt, wo ihr Mann gestorben war. Zu Sebastianos Beerdigung in Italien vor über zwei Monaten hatte ich leider nicht mitkommen können, weil ich in der Spaghetteria die Stellung halten musste. Sofia hatte nicht viel über den Aufenthalt bei ihrer Großmutter erzählt. Möglicherweise ging ihr der Tod ihres Opas näher, als ich angenommen hatte.

Vor dem Restaurant wartete zu meiner Überraschung bereits Anna auf mich. Sie strich sich ihr langes, blondes Haar auf den Rücken, und ihr Lächeln war strahlend.

„Hallo, Anna. Was machst du denn schon hier?" Ich musterte sie mit zusammengekniffenen Augen. Dabei fiel mir auf, dass sie nicht so leger wie sonst gekleidet war, sondern einen kurzen Jeansrock trug und dazu ein tief ausgeschnittenes schwarzes Shirt, welches meinen Blick sofort auf ihre volle Brust lenkte. Verlegen wandte ich mich ab und schloss die Tür auf.

„Hat Sofia dir nichts gesagt? Anscheinend muss sie noch etwas erledigen und hat mich gebeten, dir zu helfen, wenn die Getränkelieferung kommt."

Ich schüttelte den Kopf. „Nein, das wusste ich nicht. Aber ich bin froh, dass wir uns immer auf dich verlassen können."

Ihr Lächeln wurde breiter, und ich fragte mich, ob sie in ihrer Freizeit immer so gekleidet war. Mein musternder Blick war ihr anscheinend nicht entgangen. Unsicher zupfte sie am Saum ihres Rockes herum und steckte verlegen ihre Hände in die Tasche. Das passte gar nicht zu der selbstbewussten Anna, wie ich sie eigentlich kannte.

Zum ersten Mal fiel mir auf, wie attraktiv sie war. Dabei gehörte sie seit Anfang an zu unserem Team in der Spaghetteria. Ihre Haare hatten die Farbe von weißer Schokolade und fielen in sanften Wellen auf ihren Rücken. Ihre haselnussbraunen Augen wirkten riesig, ihre Lippen kräftig geschwungen, und die einzelnen Sommersprossen um ihre Nase herum ließen sie im Gegensatz zu ihrer kurvigen Figur ein wenig mädchenhaft wirken.

„Weißt du", sie räusperte sich. „Ich habe mir gedacht, dass …"

Doch weiter kam sie nicht, denn der Fahrer mit den Getränken parkte bereits vor der Tür. Er stellte uns die Kisten in den Eingangsbereich, und in der nächsten Stunde waren Anna und ich damit beschäftigt, alles an seinen Platz zu räumen. Sie war kräftiger als Sofia, und ich war überrascht, wie schnell wir fertig waren und wie gut wir zusammenarbeiten konnten. Mit Sofia endete das meistens in einer sinnlosen Diskussion darüber, wie man alles noch effizienter ordnen könnte. Dabei funktionierte unser System schon seit Jahren, und meiner Meinung nach musste nichts mehr optimiert werden.

Mit Anna lief es heute weitaus unkomplizierter. Dabei hatte ich sie bisher nur als zuverlässige Köchin an Sofias Seite wahrgenommen, die immer etwas von meiner Lieblingspasta und Pannacotta für mich im Kühlschrank versteckte.

„Was hältst du von einem Espresso?"

Anna nickte und warf mir einen vielsagenden Blick zu. „Soll ich uns Schokohörnchen vom Bäcker holen?"

„Du bist einfach zu gut zu mir." Wir lachten, und keine fünf Minuten später setzten wir uns an einen der Tische.

Anna erzählte, dass sie erst durch Sofia ihre Leidenschaft fürs Kochen entdeckt habe. Außerdem erwähnte sie ganz nebenbei, dass sie gerade Single sei und ihr letzter Freund sie mit ihrer besten Freundin betrogen habe und sich nun kein Mann mehr für sie zu interessieren scheine.

„Da hast du aber was Besseres verdient." Ich wusste nicht so recht, was ich sonst hätte antworten sollen, doch Anna schien mit meiner Wortwahl durchaus zufrieden..

„Würdest du dich denn für jemanden wie mich interessieren?", fragte sie sanft und sah mir dabei direkt in die Augen.

„Ist das nun eine echte oder eine rhetorische Frage?"

Anna zuckte lässig mit den Schultern. „Wie du willst."

„Ich bin verheiratet." Unruhig rutschte ich mit meinem Stuhl ein wenig weiter nach hinten. Dabei fiel Annas Handtasche, die an meiner Lehne hing, auf den Boden. Als sie sich danach bückte, berührte ihr Busen meinen Arm. Ich schluckte schwer, und mit einem Mal fühlte ich mich sehr unwohl. „Ich muss noch rüber ins Büro und einiges an Papierkram erledigen." Meine Stimme klang heiser.

„Ich habe das Gefühl, dass es zwischen dir und Sofia nicht besonders gut läuft. Ich bin für dich da, wenn du reden willst." Anna sah mir tief in die Augen.

Ich murmelte ein „Danke, das weiß ich zu schätzen", stand auf und verschwand in das Zimmer neben der Küche, welches mir als Büro diente. Seufzend setzte ich mich an den Schreibtisch, schlug meinen Terminkalender auf, konnte mich aber überhaupt nicht konzentrieren.

Wenn ich so darüber nachdachte … hatte die Frau etwa ein Auge auf mich geworfen? Vielleicht interpretierte ich ihr Verhalten mir gegenüber aber auch falsch und sie wollte nur freundlich sein? Doch ich musste zugeben, dass mich die Aussicht auf ihr Dekolleté und ihre Beine alles andere als kalt gelassen hatte. Jetzt musste ich die ganze Zeit die Frage zurückdrängen, wie sich ihre Haut unter meinen Fingern anfühlte. Ich verfluchte mich für diesen Gedanken. Schließlich war ich ein verheirateter Mann. Doch zugegeben, es tat gut, dass sich eine Frau für mehr als nur mein Sperma zu interessieren schien.

Sofia

Ich trat aus dem dampfigen, lauten Restaurant hinaus in die kühle Herbstluft. Genüsslich reckte ich mein Gesicht der Sonne entgegen und freute mich über die warmen Strahlen auf meiner Haut. Zum Glück war es nicht so neblig wie gestern. Bei nächster Gelegenheit musste ich mir dringend einen neuen Mantel zulegen, denn in meinem rosafarbenen Lieblingstrenchcoat, der zugegeben für diese Jahreszeit viel zu dünn war, fror ich entsetzlich.

Bei dem Gedanken an den heutigen Abend konnte ich mir ein frohes Lächeln nicht verkneifen, obwohl mich mein schlechtes Gewissen etwas quälte. Ausnahmsweise machte ich früher Feierabend und hatte meine Mitarbeiter sich selbst überlassen. Und ausgerechnet jetzt war meine Spaghetteria brechend voll.

Doch ich konnte und wollte mein „Date" mit Nik nicht verschieben. Und es war eh höchste Zeit, in Bezug auf unser Sexleben etwas zu unternehmen, das wegen der Arbeit und des Hauses in letzter Zeit viel zu kurz gekommen war. Schließlich war es in einer guten Ehe normal, dass man zumindest hin und wieder miteinander schlief. Und ich liebte Nik und hatte es bisher immer so genossen, Zeit mit ihm zu verbringen und ihm auch körperlich nahe zu sein. Es war so schade, dass zwischen all dem

Stress und der Verantwortung so wenig Zeit für uns geblieben war. Aber das wollte ich jetzt ändern. Heute Abend!

Wegen der vielen Gäste machte ich mir keine Sorgen. Anna würde das schon schaffen. Ich war überzeugt, dass sie alles im Griff hatte.

Mein Plan, endlich wieder einmal zu Hause für Nik zu kochen und ihn nach allen Regeln der Kunst zu verführen, schien somit gesichert. Dafür hatte ich mir nach dem gescheiterten Versuch gestern sogar extra neue Unterwäsche geleistet. Schwarz mit neckischer Spitze. Der Blick auf den Preis hatte mich zwar kurz zusammenzucken lassen, doch die Hoffnung, unserer Beziehung damit frischen Wind einzuhauchen, war es mir wert gewesen. Sieben Jahre waren wir nun schon verheiratet, und es hatte viele Höhen und Tiefen gegeben. Aber das war ja normal. Und die letzten Wochen hatten uns beiden einiges abverlangt.

In der Spaghetteria war viel losgewesen. Der herrliche Altweibersommer hatte viele Touristen nach Regensburg gelockt, und unsere italienische Küche war längst kein Geheimtipp mehr. Meine Kochkünste hatten sich sehr schnell herumgesprochen, als ich vor drei Jahren den Schritt in die Selbstständigkeit gewagt hatte. Außerdem war die Renovierung unseres Hauses stressiger gewesen als erwartet, und auch wenn wir nun seit einem Vierteljahr in unserem schönen Haus wohnen konnten, gab es noch immer viel zu tun.

Heute war ich nicht mit dem Rad, sondern mit dem Auto unterwegs, denn schließlich musste ich noch einige Zutaten für das geplante Menü besorgen.

Während ich zum Auto ging, dachte ich über meinen Mann nach. Nik schien ein wenig genervt von meinem dringlichen Kinderwunsch und dem Sex nach Plan, auf welchen ich in der letzten Zeit akribisch bestanden hatte. Wenn ich ehrlich war, ging es mir ähnlich. Ich war so angespannt deswegen, dass ich ganz den Spaß dabei vergessen hatte.

In den letzten zwei Wochen hatte er jeden meiner Annäherungsversuche sofort im Keim erstickt. Dabei sehnte ich mich so sehr nach einem Baby. Jedes Mal, wenn ich eine Frau den Kinderwagen schieben sah, schien es mir Brust und Kehle zuzuschnüren, und mein eifersüchtiges Herz schlug schneller. Immer wieder überkam mich dieses Gefühl der Leere, wofür nicht nur Nik das Verständnis fehlte. Auch meine Mutter und meine beste Freundin konnten diese Empfindung nicht nachvollziehen. Denn schließlich hatte ich doch alles, nicht wahr? Ich war gesund, mit einem großartigen Mann verheiratet, lebte in einem wunderschönen Haus direkt an der Donau und arbeitete erfolgreich als Köchin in meinem eigenen Restaurant. Hatte ich also das Recht, noch mehr vom Leben zu wollen und unzufrieden zu sein?

Sogar Oma hatte mich auf Opas Trauerfeier nach unserer Familienplanung gefragt, als Maria, Marcellos Schwester, sich zu uns an den Tisch gesetzt hatte und den Kopf ihres Babys liebkoste, das sie fest in ein Tragetuch eingewickelt hatte. Danach flüchtete ich hinaus auf die Terrasse.

Anfangs bemerkte ich nicht, dass Marcello mir gefolgt war. Sein lautes Räuspern ließ mich für einen Moment meine Traurigkeit vergessen, und ich dachte zurück an die Sommerferien, als ich ein Teenager war, wir beide in Nonnas Garten saßen und ich mich unglaublich erwachsen gefühlt hatte. Benebelt vom Rausch dieser Erinnerung hatte ich mich hinreißen lassen … und ich wollte lieber nicht daran denken, was danach passiert war.

Den Vorfall auf der Beerdigung meines Großvaters hatte ich Nik bisher verschwiegen. Im Grunde genommen war ja nichts passiert, oder?

Ich rang nach Luft. Allein bei dem Gedanken an mein Verhalten schoss mir die Röte ins Gesicht. Schnell stieß ich ihn beiseite, so, als würde ich versuchen, eine lästige Fliege zu verscheuchen. Seufzend kramte ich in meiner Handtasche nach dem Autoschlüssel.

Vor meinen Angestellten ließ ich gerne die Perfektionistin heraushängen, eine Chefin, die alles im Griff hatte. Doch im echten Leben war ich eine kreative Träumerin und leider eine totale Chaotin. Keinesfalls wollte ich zu dem Typ Frau gehören, der für alle Lebenslagen eine Checkliste führte und überall ein Haar in der Suppe fand. Allein diese Vorstellung erschien mir spießig.

Die Suche nach dem Schlüssel blieb ohne Erfolg. Kurzerhand kippte ich den kompletten Inhalt meiner Handtasche auf den Bürgersteig neben meinem geliebten roten Minicooper. Lippenstift, Kinokarten vom letzten Jahr, Tampons, einzelne Geldmünzen und ein weiterer Lippenstift. Über den freute ich mich besonders, denn es war genau der, nach dem ich heute Morgen verzweifelt den Schrank im Badezimmer durchwühlt hatte. Doch mein Schlüsselbund fehlte.

Verdammt! In Sachen häuslicher und persönlicher Ordnung sollte ich mir dringend ein Beispiel an meiner Mutter nehmen, wenn ich nicht wollte, dass mein Chaos mir irgendwann über den Kopf wuchs.

Nachdem ich alles wieder zurück in die Tasche gestopft hatte, ging ich zurück ins Restaurant und dort in die Küche.

„Na, Chefin, was vergessen? Oder hast du es dir doch anders überlegt?" Der Aushilfskoch grinste.

„Ha! Gefunden!" Triumphierend ließ ich meinen Schlüssel, der auf einem Bord in der Küche gelegen hatte, vor seiner Nase hin und her baumeln. Eigentlich wollte ich gleich wieder gehen, doch mein schlechtes Gewissen hatte sich bereits beim Durchqueren des immer noch gut besetzten Gastraumes gemeldet. Schnell warf ich einen Blick auf die Uhr. Sollte ich doch dableiben und mithelfen? Andererseits würde das Mittagsgeschäft bald vorbei sein, und ich war schließlich in einer wichtigen Mission unterwegs.

„Sag mal, David, wo sind die Töpfe mit den Kräutern, die ich gestern mitgebracht habe?"

Er zuckte lässig mit den Schultern. „Ich glaube, die hat Anna vorhin auf das Fensterbrett in der Vorratskammer gestellt. Sie meinte, da wäre das Licht besser … oder so."

Ich lugte durch die Tür ins Restaurant. Von Anna fehlte jede Spur. Vielleicht war sie gerade auf dem Klo. Ich überlegte, ihr noch ein paar letzte Anweisungen zu geben, sobald ich sie sah.

„Weißt du zufällig, wo mein Mann steckt?" Beim Frühstück hatte er mir versichert, Anna heute unter die Arme zu greifen, und vorhin hatte er mir zum Abschied nur einen hektischen Kuss auf die Wange gehaucht. Mein Plan war, ihn so lange wie möglich von zu Hause fernzuhalten, weil ich ihn überraschen wollte. Dass er also hiergeblieben war und arbeiten wollte, war mir nur recht.

Der Koch schüttelte den Kopf und wandte sich wieder seiner Arbeit zu. Ich hoffte inständig, dass meine Leute mit so viel Betrieb alleine klarkamen. Doch von irgendwelchen Sorgen wollte ich mir jetzt um keinen Preis meine gute Laune verderben lassen.

In der Vorratskammer fand ich die gesuchten Kräutertöpfe mit Basilikum und Rosmarin, die ich selbst gezogen hatte, und packte zwei davon in einen Korb. Spontan suchte ich noch ein paar andere Zutaten zusammen. Dann musste ich später nicht extra bei Oliver im Feinkostladen einkaufen, und mir blieb mehr Zeit zum Kochen. Als Erstes würde ich Zuppa di pesce, eine Fischsuppe mit Garnelen, servieren, dann Orecchiette pomodori, das Lieblingsgericht meiner Kindheit, und als krönenden Abschluss Pannacotta, für die Nik eine große Schwäche hatte, dazu einen kräftigen Espresso.

Zufrieden betrachtete ich den Korb voller Köstlichkeiten. Und die Zuversicht, mein Mann würde meinen Kochkünsten und somit auch mir nicht widerstehen können, wuchs immer mehr. Aber wo steckte er nur, und wo war Anna?

Gerade wollte ich zurück in Richtung Küche gehen, als mich ein lautes Scheppern im Abstellraum nebenan erschrocken zusammenzucken ließ. Hatte ich da nicht gerade ein Stöhnen gehört? Hoffentlich hatte sich niemand verletzt. Oder sollte sich da jemand vom Personal ein Schäferstündchen gönnen?

Ich musste angesichts dieses doch abwegigen Gedankens kichern, obwohl es ja eine absolute Frechheit wäre! Aber ich erinnerte mich noch genau an die Zeit, als Nik und ich frisch verliebt ineinander waren und das Bett nur dann verließen, wenn uns der Hunger nach etwas Essbarem umtrieb.

Da hörte ich das Stöhnen wieder. Es klang lauter als zuvor.

„Ohhh! Oh Gott, Nik, jaaaa!"

Nik!?

Ich schnappte nach Luft, mein Herz schlug mit einem Mal so schnell, als wollte es aus meiner Brust springen. Mit aller Kraft umklammerte ich den Griff meines Korbes. Trotzdem purzelten die Kräuter samt Topf auf den Boden und hinterließen neben den Erdkrümeln jede Menge Scherben. Bei dem verzweifelten Versuch, die Tonscherben und Erdkrümel schnell aufzusammeln, schnitt ich mir in den Daumen, und Blut tropfte auf meinen Trenchcoat.

Instinktiv schlug ich die Hand vor den Mund, um ein Schluchzen zu unterdrücken. Verzweifelt schickte ich ein Stoßgebet zum Himmel, in der Hoffnung, dass sich meine schlimmsten Befürchtungen gleich als Irrtum herausstellen würden und ich über meine paranoiden Gedanken lachen konnte. Doch im gleichen Moment, in dem ich die Tür zum Abstellraum aufriss, taumelte ich schockiert zurück.

Das Bild, das sich mir bot, konnte ich überhaupt nicht verarbeiten. Auf dem Boden lag Niks Jeans, ein Stück weiter eine Damenbluse, vor der Tür ein rotes Höschen und auf einem ausrangierten Stuhl saß Anna auf Nik, mit ihren riesigen Brüsten vor seinem Gesicht. Zwischen den beiden ging die Post ab … und mich hat er die letzten Male immer zurückgewiesen. Wie gelähmt blieb ich stehen, konnte mich keinen Schritt mehr bewegen. Dabei wollte ich nur weg von hier. Unsichtbare Hände würgten mich, und die Wut explodierte förmlich in meinem Bauch.

Nik bemerkte mich, als Anna keuchend den Kopf in den Nacken legte. Erschrocken stieß er sie von sich herunter und stand auf.

„Sofia! Oh Gott …" Nackt und mit einem Blick, den ich nicht so leicht deuten konnte, stand er vor mir und versuchte zu verdecken, was ich in einer anderen Situation sehr gerne von ihm gesehen hätte. Gestern morgen, heute Abend … oder so …

Anna schien im ersten Moment nicht zu kapieren, was gerade vor sich ging. Doch als sie mich sah, schnappte sie sich ihre Bluse und bedeckte damit ihre Blöße, bevor sie mir ein zuckersüßes Lächeln schenkte und lässig mit den Schultern zuckte. So eine falsche Schlange! Hatte sie es etwa die ganze Zeit schon auf Nik abgesehen?

„Verschwinde! Auf der Stelle!", zischte ich ihr zu, bevor ich mich umdrehte, um den Raum zu verlassen.

„Sofia, warte! Ich kann dir das erklären!"

Ich fuhr zu ihm herum und funkelte ihn an. Ungeschickt nestelte er an den Knöpfen seiner Jeans herum und warf sich sein Hemd über. Doch ich wollte nur weg von hier, weg von alldem, was ich gerade gesehen hatte. Ich wollte mir seine fadenscheinige Erklärung, wieso er mit Anna am helllichten Tag Sex im Abstellraum meines Lokals hat, aber zu Hause immer auf Abstand ging, nicht anhören. Ich musste mich unbedingt beruhigen.

Im Restaurant saßen immer noch Gäste. Die würden gleich ein fernsehreifes Drama zu sehen bekommen. Live und ungeschönt. Da konnte ich nur hoffen, dass morgen nichts über uns in der Zeitung stehen würde.

Nik versuchte, nach meinem verletzten Daumen zu sehen. „Du blutest ja."

Schnell riss ich meine Hand weg. Ich wollte etwas Kluges und Scharfsinniges sagen, etwas, was ihm für immer in Erinnerung bleiben würde. Nur herrschte in meinem Gehirn gähnende Leere, und ich kämpfte gegen die Tränen. Warme, dicke Tropfen stahlen sich über meine Wangen, und die Welt verschwand hinter einem nassen Schleier. Ich schluckte schwer. „Wie … konntest du mir … uns das antun, Nik? Während ich mir Gedanken über unsere Zukunft mache, treibst du es mit … ihr!"

Wie aufs Stichwort gesellte sich Anna zu Nik. Sie war wieder vollständig angezogen, warf mit einer arroganten Handbewegung ihr langes Haar über den Rücken, und wer es nicht wusste, hätte nie geahnt, wobei ich sie eben noch ertappt hatte. Behutsam fasste sie nach der Hand meines Mannes.

„Lass das!", herrschte er sie an. Erschrocken zuckte sie zusammen.

„Und du, Anna? Wie konntest du nur? Ich habe dir vertraut. Ich habe gedacht, ich kann mich auf dich verlassen." Ich versuchte verzweifelt, mir die Tränen aus dem Gesicht zu wischen, aber es kamen immer wieder welche nach.

Obwohl ich fuchsteufelswild war und unglaublich enttäuscht von Nik und Anna, betrachtete ich mit so was wie Genugtuung Annas hektisch-rote Flecken, die sich immer dann auf ihren Wangen, Hals und Dekolleté ausbreiteten, wenn sie ausgesprochen nervös war. Bisher hatte sie einen vertrauenswürdigen Eindruck auf mich gemacht, ganz besonders dann, wenn bei ihrem unschuldigen Lächeln die kleine Zahnlücke zwischen den Vorderzähnen aufblitzte.

Im Gegensatz zu meiner eigenen, eher kantigen Figur saßen bei Anna die Kurven an den richtigen Stellen. Doppel-D kam bei Männern wohl immer gut an. Obwohl diese Frau weder über einen Schulabschluss noch über eine abgeschlossene Berufsausbildung verfügte, hatte ich ihr eine Chance gegeben. Sie war Anfang zwanzig und hatte das Potenzial zu einer großartigen Köchin. Ich hatte sie in sämtliche Küchengeheimnisse meiner italienischen Nonna eingeweiht, in der Hoffnung, eines Tages gemeinsam mit ihr meine Spaghetteria führen zu können, um selbst ein wenig kürzerzutreten. Aber das war jetzt Geschichte.

„Pack deine Sachen und verschwinde, Anna! Ich will dich hier nicht mehr sehen!"

Verfolgt von sensationssüchtigen Blicken der Gäste und der übrigen Angestellten, schluckte ich und versuchte vergeblich, meine Stimme klar und fest klingen zu lassen. Aus Angst, der Boden unter meinen Füßen könnte jeden Moment nachgeben, suchte ich Halt an der Wand hinter mir. Wütend, verletzt und unglaublich enttäuscht von seinem Betrug, funkelte ich Nik an. „Und wir beide sind auch fertig miteinander!"

„Sofia, lass uns bitte noch mal in Ruhe über alles sprechen. Ich kann es dir erklären …", flehte er.

Doch ich musste weg von hier. Die betrogene Ehefrau wollte keine banalen Erklärungen hören, nicht mehr länger angestarrt und bedauert werden. Ich stürmte, ohne eine Antwort, zur Tür hinaus.

Es schien, als hätte sich das Wetter meinen Gefühlen angepasst. Die Sonne war hinter dunklen Wolken verschwunden. Heftiger Wind zerzauste meine Haare. Mit zittrigen Händen schloss ich die Autotür auf, und wenige Sekunden später trat ich aufs Gaspedal. Durch den Schleier aus Tränen konnte ich die Straße kaum erkennen. Der Regen tat sein Übriges. Ich keuchte und bekam kaum Luft. Bei der nächsten Gelegenheit steuerte ich meinen Wagen auf einen Parkplatz und ließ den Kopf auf das Lenkrad sinken. Ich weinte so lange, bis ich das Gefühl hatte, keine Tränen mehr übrig zu haben.

Das Leben überforderte mich in diesem Augenblick. Die Arbeit schien mir über den Kopf zu wachsen, die Renovierung unseres Traumhauses hatte mir mehr zugesetzt, als ich dachte, ständig war ich müde, und der Tod meines Großvaters nagte noch an mir. Ich sehnte mich nach Nonna und dachte gleichzeitig an Nonnos Beerdigung. Dabei kamen in meinem Kopf unerwünschte Bilder wieder hoch. Doch heute war es Nik, der alles zerstört hatte, nicht ich.

Energisch schüttelte ich den Kopf, um das Bild von ihm und Anna wieder loszuwerden, wie sie rittlings auf ihm saß, ihre Brüste in seinem Gesicht. Doch es gelang mir nicht. Es hatte sich bereits in mein Gehirn und in mein Herz eingebrannt und erzeugte in meiner Magengegend einen unangenehmen Druck.

So schnell konnte es gehen: Noch vor wenigen Minuten hatte ich gut gelaunt einen wunderschönen Abend mit meinem

Mann geplant, und jetzt wollte ich ihn am liebsten nie wiedersehen.

Mit dem Handrücken wischte ich mir die verschmierte Wimperntusche aus den Augenwinkeln, schnäuzte die Nase und drehte entschlossen das Radio auf volle Lautstärke. Ich würde mich nicht unterkriegen lassen! Von nichts und niemanden! Niemals!

Wenigstens schien der Sender auf meiner Seite zu sein. Denn statt Liebesschnulzen spielten sie heute guten alten Rock. *Highway to hell* erschien mir irgendwie passend.

Zu Hause angekommen, stellte ich erleichtert fest, dass Nik nicht da war. Ich war der Überzeugung, dass er sich gerade wieder Anna widmete. Wütend knallte ich die Haustür hinter mir zu. Er würde schon noch sehen, was er davon hatte. Eine Sofia Biasini betrog man nicht einfach.

Ich riss seine Klamotten aus dem Kleiderschrank, öffnete das Fenster und warf den ganzen Kram hinaus. Zufrieden stellte ich fest, dass der Regen seines Spiels noch immer nicht überdrüssig geworden war und im Vorgarten für eine unansehnliche und riesengroße braune Pfütze gesorgt hatte – in der nun Niks Kleidung lag.

Reifen quietschten in der Einfahrt. Nik sprang aus seinem Auto.

„Sofia, was soll der Blödsinn? Was machst du mit meinen Sachen?", brüllte er. Angeekelt hielt er eines seiner Lieblingsstücke zwischen den Fingern.

Kaum war er oben bei mir, packte er mich am Arm. „Sag mal, hast du den Verstand verloren? Die Sachen haben mich ein Vermögen gekostet!"

Ich verzog den Mund zu einem hämischen Lächeln, denn ich wusste um Niks Schwäche für teure Markenkleidung. Und jetzt schwammen Gucci und Armani dort unten um die Wette. Seinen Modestil fand ich sowieso schon immer viel zu geschniegelt, wenn ich nun so darüber nachdachte.

Versöhnlich fasste er nach meiner Hand, die ich sofort wegschlug. Den Schmerz in meinem Daumen ignorierte ich dabei. Der Schnitt schien tiefer als gedacht.

„Findest du nicht, dass du völlig überreagierst? Sicher, ich habe dich mit Anna betrogen und verletzt. Und das tut mir aufrichtig leid. Aber das alles hier … Bitte, Sofia!"

Er blickte mir direkt ins Gesicht. Seine dunklen Augen füllten sich mit Tränen, und ich konnte mich nicht erinnern, wann Nik das letzte Mal geweint hatte. Vorsichtig streckte er die Arme nach mir aus. Ich ignorierte es. Am liebsten wollte ich ihm verzeihen, denn meine Gefühle für ihn konnte ich nicht einfach abstellen, doch etwas in mir wehrte sich entschieden dagegen. Hektisch zog ich einen Koffer vom Schrank herunter.

„Was hast du vor?" Panik mischte sich in seine Stimme.

Achtlos warf ich ein paar Kleider hinein und klappte ihn zu. „Ich ziehe aus."

Nik sog scharf die Luft ein. „Bitte, geh nicht! Es tut mir leid. Wenn ich könnte, würde ich es ungeschehen machen."

„So einfach geht das nicht. Glaubst du, so eine lasche Entschuldigung reicht und wir können weitermachen, als wäre nichts passiert?"

Resigniert ließ er den Kopf sinken. „Und wie soll es weitergehen? Mit uns … mit allem hier … und das Lokal?"

„Vielleicht sollten wir uns scheiden lassen." Ich war überrascht, wie schnell die Worte meinen Mund verließen. Doch ich war zu stolz, um sie zurückzunehmen, und ein Seitensprung war nun mal kein Kavaliersdelikt. Ich fühlte mich verraten und verletzt, und interessanterweise fiel es mir ganz leicht, Nik statt meiner die Rolle des Bösewichts zu überlassen.

„Gib mir doch wenigstens die Chance, es zu erklären …", flehte er erneut und strich sich die nassen dunklen Haare aus dem Gesicht.

Ich schüttelte den Kopf. In diesem Augenblick wollte ich nichts davon hören, mich nicht mit seinem Verrat auseinandersetzen müssen. Mit einem Mal verspürte ich den heftigen Wunsch, Nik wehzutun, so, wie er es vor ein paar Stunden bei mir getan hatte. Ich überlegte, meine Wut hinunterzuschlucken und ihn und das gemeinsame Haus ohne ein weiteres Wort hinter mir zu lassen. Doch ich konnte der Versuchung nicht widerstehen, obwohl ich wusste, dass ich mich kindisch benahm.

Provokant spielte ich mit der Uhr in meinen Händen, die ich zuvor in der Schublade oberhalb seiner Unterwäsche gefunden hatte. Mein Mann hatte sie von seinem verstorbenen Onkel, bei dem er aufgewachsen war und der ihm viel bedeutet hatte, geerbt.

„Sofia, bitte nicht die Uhr! Du weißt, wie wichtig sie für mich ist." Nik klang verzweifelt.

Doch ich kannte keine Gnade. In meinem Inneren kämpfte mein Gewissen kurz gegen Grausamkeit und den Wunsch nach Vergeltung und verlor. Zu tief saß der Schmerz des Ehebruchs, den ich mit hatte ansehen müssen. Möglicherweise war das ja kein einmaliges Ereignis gewesen. Was, wenn die beiden schon seit längerer Zeit was miteinander hatten? Mein Herz blutete bei dem Gedanken, und vor Wut und Traurigkeit bekam ich kaum Luft. Für mich war eine Welt zusammengebrochen.

Jetzt zögerte ich nicht mehr. Unerbittlich warf ich die Uhr auf den Boden und versetzte dem Erbstück mit meinen hohen Hacken den Todesstoß.

Nik

Lange, nachdem ich Sofia hilflos und traurig dabei zugesehen hatte, wie sie mit ihrem roten Flitzer davongebraust war, stand ich immer noch am Fenster und versuchte, zu begreifen, was soeben geschehen war. Der Regen trommelte unermüdlich gegen die Scheibe. Ich fühlte mich weder in der Lage, meine Gedanken zu ordnen, noch fähig, nach unten zu gehen und zu versuchen, meine Hemden zu retten. Dafür war es wohl sowieso zu spät. Es war mittlerweile stockdunkel draußen, und meine Klamotten lagen schon viel zu lange im Regen.

Sofia war weg, und es war meine Schuld.

Das Ziehen in der Herzgegend erschien mir unerträglich. Tränen brannten in den Augenwinkeln, und vergeblich kämpfte ich dagegen an. Keinesfalls wollte ich weinen, das wäre so unmännlich, andererseits – wer würde das überhaupt sehen? Wütend schlug ich mit der Faust gegen die Wand.

Ich ignorierte den dumpfen Schmerz so gut es ging und ließ mich auf das Bett fallen, in dem Sofia und ich in der letzten Nacht noch nebeneinander geschlafen hatten.

Ich griff nach ihrem Kopfkissen und atmete den zarten Vanilleduft ein. Mein Körper hingegen roch immer noch nach Sex und nach Anna. Ich sah ihre nackte Silhouette vor mir und gleichzeitig Sofias verletzten Ausdruck in den Augen, als sie die Tür zur Abstellkammer aufgerissen hatte.

Verdammt, was hatte ich mir nur dabei gedacht? Sicher, ich war ein Mann, und ich hatte meine Bedürfnisse. Dazu gehörte Sex, und zwar ohne Kalender und Plan. Doch das war keine Entschuldigung dafür, dass ich meiner Frau, der trotz all unserer Schwierigkeiten mein Herz gehörte, so wehtat.

Seit ihrer Anspielung gestern, als wir uns gemeinsam um die Getränkelieferung gekümmert hatten, war ich mir sicher, dass Anna auf mich stand. Vermutet hatte ich es schon länger. In der letzten Zeit, wenn Sofia uns nicht hatte bemerken können, hatte sie immer wieder meine Nähe gesucht und unmissverständliche Andeutungen gemacht – und ehrlich gesagt, hatte ich das genossen. Gestern hatte sie mir noch einen Kaffee ins Büro gebracht und mir sogar vorgeschlagen, mich einmal außerhalb der Arbeit mit ihr zu treffen, was ich natürlich abgelehnt hatte.

Aber dummerweise hatte ich ihr heute nicht widerstehen können. Es tat gut, von einer Frau so begehrt zu werden.

Denn wie sollte ein Mann Lust bekommen, wenn die eigene Partnerin ständig mit einem Thermometer vor ihm herumfuchtelte, mit den Worten „Los, beeil dich! Ich habe gerade meinen Eisprung, und wir haben eine Viertelstunde, bevor wir ins Restaurant zurückmüssen"?

Angestrengt versuchte ich, mich zu erinnern, wann wir das letzte Mal miteinander geschlafen hatten. Doch es blitzten immer nur kurze Bilder auf, in denen wir uns anschreien oder Sofia mit besagtem Thermometer vor meiner Nase herumwedelt.

Verdammt, es war doch alles mal ganz anders zwischen uns gewesen!

Ich musste Annas Geruch loswerden, also ging ich ins Bad. Ein Blick auf das Handy verriet mir, dass sie bereits einige Male versucht hatte, mich anzurufen. Dabei hatte ich kein Geheimnis daraus gemacht, dass der Sex mit ihr eine einmalige Angelegenheit sein würde.

Meine Stirn pochte, während ich meine Kleider auszog, und ich verfluchte mich erneut für meine eigene Dummheit. Wie hatte ich nur alles so aufs Spiel setzen können für einen Fick in einer Abstellkammer? Ich war so ein Idiot!

Ich beschloss, Anna zu ignorieren, drehte das Wasser in der Dusche auf, schnappte mir Sofias Vanilleshampoo und seifte meinen Körper komplett damit ein. Annas süßlicher Duft verschwand, und ich fühlte mich Sofia zumindest auf diese Weise nahe.

Doch im Badezimmer hielt ich es nicht lange aus. Alles erinnerte mich an meine Frau, denn überall stand oder lag ihr Kram herum. Lippenstifte, drei Haarbürsten, und ich fragte mich ernsthaft, wofür eine Frau so viele unterschiedliche Kosmetikpinsel brauchte. Wie immer hatte sie die Zahnpastatube offen liegen gelassen.

Sofia war das Chaos auf zwei Beinen, und ihre Schlampigkeit ging mir oft auf die Nerven. Was war so schwer daran, seine Kleidung ordentlich im Schrank aufzubewahren, statt sämtliche Oberteile und Hosen im ganzen Haus zu verteilen? Und jedes

Mal, wenn Sofia gekocht hatte, dauerte es eine geschlagene Stunde, bis ich die Küche halbwegs wieder in Ordnung gebracht hatte. Denn sie ließ alles stehen und liegen. Ständig schien sie damit beschäftigt, neue Ideen in die Tat umzusetzen, und das waren nicht gerade wenige. Deshalb war ich auch nicht begeistert gewesen, als sie mir vor drei Jahren voller Enthusiasmus erzählt hatte, ein Restaurant eröffnen zu wollen.

Nachdem ich mich abgetrocknet und angezogen hatte, tigerte ich unruhig durch das Erdgeschoss und wusste nicht, was ich jetzt tun sollte. Zuallererst wollte ich aber das Gefühl dieser unheimlichen Leere in mir betäuben und fluchte, als ich feststellte, dass wir nichts Stärkeres als eine Flasche Rotwein im Haus hatten. Aber Wein war besser als nichts.

Das erste Glas leerte ich in einem Zug, bevor ich es zurück auf den Tisch knallte. Ich lehnte mich im Sofa zurück, wobei mein Blick auf den rußigen Fleck an der Wand gegenüber fiel.

Ich dachte wehmütig an jenen Abend zurück, als Sofia und ich zum ersten Mal in unserer neuen Küche gekocht hatten. Es war am Tag nach dem Einzug gewesen, überall standen noch die Umzugskisten herum. Obwohl wir beide vorher bereits zusammengelebt hatten, waren wir unglaublich aufgeregt, als wir in unser Haus einzogen. Diesen Tag wollten wir feiern.

Sofia fiel regelrecht über mich her, und im Eifer des Gefechts vergaßen wir die Lasagne im Ofen völlig. Kaum schlug der Rauchmelder Alarm, war auch schon die Feuerwehr angerückt. Zum Glück war der Schaden gering, jedoch war es furchtbar peinlich, als wir splitternackt unsere Klamotten zusammensuchten, während der Feuerwehrkommandant sich darum bemühte, nicht in schallendes Gelächter auszubrechen. Seit diesem Abend hatte ich außerdem das Gefühl, dass die Nachbarn uns stets amüsiert musterten.

Resigniert stellte ich fest, dass dies einer der letzten leidenschaftlichen Augenblicke zwischen uns gewesen war. Danach drehte sich alles nur noch um Sofias Kinderwunsch. Sie schien wie besessen davon und machte mich ganz verrückt mit dem Sex nach Plan. Dabei verhüteten wir schon seit zwei Jahren nicht mehr und wollten es einfach darauf ankommen lassen.

Ich seufzte. Das war typisch für sie, chaotisch und leicht sprunghaft, wie sie war. In einem Moment noch glückliche Köchin in einem Sternerestaurant, im anderen der spontane Entschluss, eine Spaghetteria zu eröffnen. Und kaum eingezogen ins neue Haus, verkündete sie wie aus dem Nichts, ihr sehnlichster Wunsch wäre ein Kind.

Ich goss mir noch ein Glas Rotwein ein, trank aber dieses Mal langsamer.

Entgegen meinen Bedenken und auch dem Rat ihrer Mutter hatte sich Sofia mit der Entscheidung für das Restaurant durchgesetzt – und der Erfolg gab ihr Recht. Nachdem es zu meiner eigenen Überraschung mehr als gut lief und sie mit dem Projekt alleine überfordert war, hatte ich meine Arbeit in einer Werbefirma gekündigt, die mich im Grunde immer erfüllt hatte, und arbeitete von da an Vollzeit mit Sofia im Restaurant, welches ab diesem Zeitpunkt zur Hälfte auch mir gehörte.

Sie war eine herausragende Köchin, das musste ich zugeben. Dabei vergaß sie allerdings, dass sie sich neben dem Kochen auch mit anderen Dingen, wie zum Beispiel der Mitarbeiterführung, beschäftigen musste, wenn die Spaghetteria eine Zukunft haben sollte. Um die Finanzen kümmerte ich mich. Jedoch beschwerte Sofia sich immer, sobald ich der Meinung war, dass wir uns eine neue Anschaffung nicht sofort leisten könnten. Schließlich lief das Geschäft ja gut. Nicht selten war dieses Thema Ausgangspunkt für einen unangenehmen Streit gewesen.

„Nik, du verstehst das nicht. Ich bin eben ein kreativer Mensch und brauche meine Freiheiten!", bekam ich dann regelmäßig von der aufgebrachten Sofia zu hören. Und in dem Moment bemerkte ich immer, wie ihr italienisches Temperament durchschlug.

„Als Inhaberin deines eigenen Restaurants musst du dich aber auch um das ganze Drumherum kümmern – oder dir eben helfen lassen. Du kannst nicht einfach nur kochen."

„Das lass mal meine Sorge sein!" Mit diesen Worten hatte sie meistens beleidigt die Tür hinter sich zugezogen und war in der Küche verschwunden, wo sie für die nächsten Stunden vor sich hin geschmollt hatte.

Sofia ließ sich nur ungern etwas sagen, eine Eigenschaft, die mich oft zur Weißglut trieb. Seit der Beerdigung ihres Großvaters in Italien, die jetzt fast acht Wochen zurücklag und zu der ich nicht mitgekommen war, weil das Lokal nicht geschlossen werden konnte, verhielt sie sich überhaupt merkwürdig. Ständig wich sie mir aus, wenn wir auf dieses Thema zu sprechen kamen. War dort etwas vorgefallen, von dem ich wissen sollte?

Doch all das spielte jetzt keine Rolle mehr. Denn heute hatte ich mir einen unverzeihlichen Fehler geleistet.

Ich nahm einen Schluck Rotwein und ließ ihn ein wenig im Mund herumkreisen, bevor ich ihn runterschluckte. Irgendwie schmeckte er bitter, oder tat er das nur, weil ich mich so beschissen fühlte?

Verdammt, warum hatte ich mich nur nicht beherrschen können? Aber kaum hatte Sofia das Restaurant verlassen gehabt, hatte auf einmal Anna hinter mir gestanden, mir ein verführerisch klingendes „Hallo, Nik" in den Nacken gehaucht und ein träges Lächeln geschenkt.

Ihr offensichtliches Interesse tat meinem in Mitleidenschaft gezogenen männlichen Ego ausgesprochen gut. Also erwiderte ich ihren leidenschaftlichen Kuss, der darauf folgte. Ich sehnte mich nach Bestätigung und, Herrgott noch mal, nach spontanem Sex ohne dieses verfluchte Messgerät! Als mir Anna dann auch noch ihren Busen entgegenstreckte, konnte ich ihr nicht mehr widerstehen. Mein Verstand drückte die Pause-Taste, und meine Hormone übernahmen alles Handeln. Die Aussicht auf mögliche Konsequenzen hätte mich eigentlich bremsen müssen, doch ich hatte meinen Körper nicht mehr unter Kontrolle. Ich wusste, dass Anna es darauf anlegte. Doch es war mir egal. Meine Begierde hatte über mein Gewissen gesiegt.

„Verdammt!" Wütend auf mich selbst, feuerte ich das halbvolle Weinglas gegen die weiße Wand und beobachtete, wie die rote Flüssigkeit herunterlief und auf den Boden tropfte.

Bei dem Gedanken an mein schäbiges Verhalten wurde mir speiübel. Ich musste raus aus unserem gemeinsamen Haus, in dem alles nach Sofia schrie. Ich lief hinaus in den Regen, und überwältigend schnell füllten sich meine Augen wieder mit Tränen. In diesem Moment war ich wütend auf die ganze Welt. Ich hasste meinen Job, wo ich Sofia die nächsten Tage nicht aus dem Weg gehen konnte. Ich war wütend auf Anna, weil sie alles noch komplizierter gemacht hatte. Ich war wütend auf meine Frau, weil sie nicht mit sich reden ließ und am allermeisten auf mich selbst, weil dank meiner Schwäche die Ereignisse eine grausige Wendung genommen hatten.

Sofia

Meine Augen wanderten zu der gewaltigen Porzellanschale, die bis zum Rand mit Zitronensorbet gefüllt war, meiner Lieblingseissorte. Neben einer offenen Packung Chips stand ein Glas mit scharfer Salsa-Soße. Daneben reihten sich zwei Tafeln Zartbitterschokolade neben einer Tüte Popcorn. Dabei war es noch nicht einmal neun Uhr am Morgen. Doch ich hatte beschlossen, mich mit ein wenig Süßkram zu trösten. Zum Glück war Mama in der Arbeit und musste nicht mit ansehen, wie sehr ich mich in diesem Moment gehen ließ.

Nachdem ich mich gestern bei ihr einquartiert und ausgeweint hatte, gammelte ich jetzt, nach einer Nacht, in der ich kaum geschlafen hatte, auf ihrem geblümten Sofa herum, während auf Netflix gerade „Buffy, im Bann der Dämonen" über den Bildschirm flimmerte. Diese Serie hatte ich früher geliebt, und eine Liebeskomödie passte nicht zu meiner miesen Stimmung.

Ich schaute wieder in Richtung Handy. Kurz flackerte ein winziges Flämmchen Hoffnung auf, erlosch aber in dem Moment, als ich auf das Display schielte. Nik hatte nicht angerufen. Dabei hatte ich insgeheim erwartet, dass er mich nochmals anflehen würde, ihm zu verzeihen. Doch ich hätte ihn sowieso weggedrückt. Ich fühlte mich noch nicht bereit, mit ihm zu sprechen.

Für die Spaghetteria musste ich eine Lösung finden. Denn ich konnte unmöglich weiter mit ihm zusammenarbeiten. Mein Blick fiel auf die Uhr. Langsam sollte ich mich auf den Weg machen. Da ich Anna rausgeworfen hatte, wartete die doppelte Menge Arbeit in der Küche auf mich und David, meinen Aushilfskoch.

Ich schnupperte an meiner Bluse und räusperte mich. Gestern war ich in meinen Klamotten eingeschlafen. Entsetzt darüber wechselte ich sie und stopfte die Sachen, die ich getragen hatte, als ich Nik mit Anna erwischte, in den Müll. Meine schwarze Lieblingsjeans würde ich nie wieder anziehen wollen, weil an ihr die Erinnerung an den schrecklichsten Tag meines Lebens haftete.

Ich sprang unter die Dusche und warf einen letzten Blick in den Spiegel, um mein Äußeres einer Prüfung zu unterziehen. Meine Augen waren vom vielen Weinen stark gerötet, und dunkle Schatten zeichneten sich darunter ab. Mit dem Make-up, das ich in Mamas Badezimmerschrank fand, konnte ich das Nötigste kaschieren. Ich würde dringend meine restlichen Sachen aus dem Haus holen müssen. Meine Haare fasste ich zu einem nachlässigen Pferdeschwanz im Nacken zusammen, lief die Treppen nach unten und stieg in meinen roten Flitzer.

Dieses Mal stellte ich mein Auto, anders als sonst, auf dem Dultplatz ab und legte die restlichen Meter bis zum Restaurant zu Fuß zurück. Die frische Luft tat mir gut, denn seit meinem Frühstück vor dem Fernseher war mir kotzübel. Nachdem ich die

Tür aufgeschlossen hatte, streifte ich durch meine Spaghetteria und fuhr liebevoll mit einem Lappen über einen der hölzernen Tische. Er roch immer noch nach Politur und sah viel teurer aus, als er in Wirklichkeit gewesen war.

Mein Blick wanderte durch das Lokal, und immer noch spürte ich das gleiche freudige Kribbeln wie damals auf der Eröffnungsparty. Obwohl ein Restaurantkritiker meine Einrichtung mit den rotkarierten Tischdecken als klischeehaft bezeichnet hatte, lobte er mich dennoch für das ausgezeichnete Essen. Ein großes Weinregal trennte weiter hinten einen Tisch vom Rest des Restaurants, welcher bei Pärchen immer der beliebteste war. Wir hatten auf große Strahler verzichtet und uns stattdessen für mehrere kleine Leuchten an der Wand entschieden.

Wie ich die gemütliche Atmosphäre hier liebte! Selbst wenn Nik und ich uns jetzt trennen sollten, bliebe mir immer noch mein Traum vom eigenen Restaurant. Hoffentlich sah er sich bereits nach einem neuen Job um. Denn wir konnten nach allem, was hier passiert war, auf keinen Fall weiter zusammenarbeiten. Beim Blick Richtung Abstellkammer zuckte ich zusammen und ging schnell weiter in die Küche. Der Ausdruck „sich in die Arbeit stürzen" klang möglicherweise negativ, war aber mit Sicherheit die bessere Wahl als die Donau.

Für einen Augenblick konnte ich all meine Sorgen vergessen. Ich schnitt das Gemüse klein, hackte die Kräuter und holte die hausgemachten Nudeln, die auf einem überdimensionalen

Wäscheständer in der Küche trockneten. Unter großzügiger Verwendung von Streichhölzern zündete ich den Holzofen an und platzierte die Tomatensoße darauf. Ich lächelte beim Gedanken an meine Nonna, den ich sogleich im Kopf hatte.

„Wer Wert auf gutes Essen legt, der muss schon selbst den Kochlöffel schwingen", pflegte sie zu sagen. Doch ich hatte keine Zeit, um Erinnerungen nachzuhängen. Es gab viel zu tun.

Als ich hörte, wie die Tür zu Niks Büro aufging und danach wieder ins Schloss fiel, stand ich da wie vom Donner gerührt, und mir war ganz flau im Magen. Ich atmete tief durch und beschloss, nachzusehen. Als ich vor seinem Büro lauschte, hörte ich seine Stimme. Er telefonierte. Wie konnte er es wagen, hierherzukommen?

„Was willst du hier?", fuhr ich ihn an, nachdem ich die Tür aufgerissen hatte.

Nik beendete sein Telefonat mitten im Satz und knallte das Handy auf den Schreibtisch. „Ich arbeite hier. Hast du das schon vergessen?"

Er sah übel aus, das freute mich. Seine dunklen Haare wirkten nicht modisch verstrubbelt wie sonst, sondern hingen ihm traurig in die Stirn, und auch unter seinen Augen zeichneten sich dunkle Ränder ab. Nik stieß sich vom Tisch ab, blieb vor mir stehen und sah mich treuherzig an.

„Sofia, bitte. Ich dachte, wir können noch einmal darüber reden. Es tut mir so leid. Ich liebe dich. Zehn Jahre Beziehung, sieben Jahre verheiratet … das wirft man doch nicht einfach so weg."

Er sah so zerknirscht aus, dass er mir beinahe leidtat. Aber nur beinahe.

„*Du* hast mich betrogen … trotz der zehn oder sieben Jahre. *Du* hast das weggeworfen, was wir hatten. Und ich weiß nicht, wie ich dir je wieder vertrauen soll."

Seine Hand tastete nach meiner. Ich schob sie fort. Ich wollte nicht, dass er mich berührte.

„Es ist nicht so, wie du denkst. Es hat sich einfach ergeben. Wir wollten das beide nicht. Das musst du mir glauben."

Echt jetzt? Für wie blöd hielt er mich eigentlich? Wut stieg in mir auf wie brennendes Feuer.

„So sah's aus! Verschwinde, ich will dich nicht mehr sehen. Du bist gefeuert!" Meine Schultern bebten, und obwohl ich das nicht wollte, brach ich schon wieder in Tränen aus.

Nik bewegte sich nicht. „Du kannst mich nicht feuern. Die Spaghetteria gehört zur Hälfte mir, und ich werde dich nicht so einfach aufgeben."

„Das hättest du dir vorher überlegen sollen", tobte ich. Dann rannte ich zur Gästetoilette und sperrte mich dort ein. „Verschwinde!"

Ein paar Minuten später, ich hatte mich immer noch nicht wirklich beruhigt, schob Nik mir einen Zettel unter der Tür durch:

Ich ziehe mich für eine Weile zurück, wenn es das ist, was du willst.
Vielleicht können wir dann noch einmal in Ruhe über alles reden.

***

„Sorry, Chefin, ich kann doch auch nix dafür."

Einer meiner Kellner zog den Kopf ein, aus Angst, ich würde wieder einen Wutanfall bekommen. Denn heute kam das recht häufig vor. Das war schon das dritte Gericht, welches zurückging. Die Suppe sei angeblich versalzen, die Spaghetti zu labbrig, und die Soße zu scharf. Ich ärgerte mich, dass sich der Kummer wegen Nik nun auch auf meine Kochkünste auszuwirken schien. Was hatte er auch herkommen müssen? Nichts wollte mir heute gelingen.

Da flog die Tür auf, und Tines blonder Wuschelkopf erschien im Türrahmen. Wahrscheinlich war sie auf dem Weg zu Olivers Laden hier vorbeigekommen.

„Läuft wohl nicht so gut bei dir, wenn ich mir dein sauertöpfisches Gesicht so anschaue, hm?"

Niedergeschlagen schüttelte ich den Kopf. Sie wusste offenbar bereits, was vorgefallen war. Ob von meiner Mutter oder von Nik, der mit Oliver befreundet war – keine Ahnung.

Meine beste Freundin pickte sich ein paar Spaghetti von einem Teller und schöpfte etwas von der Tomatensoße darüber. Kaum in ihrem Mund, verzog sie angewidert das Gesicht.

„Mann, Sofia, das Zeug schmeckt ja widerlich! Sorry, aber das kann man nicht essen." Schnell spülte sie sich den Mund mit Wasser aus. „Wie geht es dir?", fragte sie sanft und musterte mich besorgt.

Ich zuckte mit den Schultern und ließ meine Stirn gegen die Wand sinken. „Es fühlt sich alles so … unwirklich an. Ich kann das alles noch nicht glauben. Meine Gefühle für Nik … sie sind trotz seines Seitensprungs nicht weniger geworden. Liebe stirbt nicht über Nacht. Aber ich kann ihm auch nicht verzeihen. Ich kann nicht mit ihm im Haus wohnen. Und hier … Ach, ich weiß nicht, wie es weitergehen soll. Nicht einmal mehr kochen kann ich …" Tränen traten mir in die Augen.

Tine tätschelte mir mitfühlend die Schulter. „Deine Kochkünste erholen sich schon wieder, und was Nik angeht … Willst du dich von ihm trennen?"

„Ich glaube schon. Immer wenn ich neben ihm aufgewacht bin, habe ich mich so geborgen und geliebt gefühlt, und jetzt bekomme ich das Bild von ihm und Anna nicht mehr aus meinem Kopf. Wie soll ich ihm je wieder vertrauen?" Meine Stimme war nur noch ein Flüstern. Zum Glück waren gerade weder David noch ein Kellner in der Küche.

„Ich glaube, es ist mal wieder Zeit für einen Mädelsabend, was meinst du?", versuchte sie, mich aufzumuntern. Routiniert platzierte sie einen Topf mit Wasser auf dem Herd und wartete ungeduldig, bis es zu blubbern anfing, bevor sie es über das schwarze Pulver, das sie zuvor aus einem Schrank gekramt hatte, goss.

Meine Freundin war berühmt für ihren handgebrühten Espresso, der wahrscheinlich sogar Dornröschen aus dem Tiefschlaf geweckt hätte. Sie schnappte sich zwei Schokoladentörtchen und hielt mir eins davon unter die Nase. „Sag mir bitte, dass du die nicht gebacken hast", flehte Tine, bevor sie hineinbiss.

Ich rollte mit den Augen. „So schlimm ist es nun auch wieder nicht. Aber keine Angst. Die hat einer der Kellner heute mitgebracht – ein Überbleibsel seiner Geburtstagsfeier."

Vorsichtig legte ich das Törtchen zurück auf die Anrichte und nahm mir einen Kaffee.

„Ach, Tine. Ich weiß echt nicht, was ich machen soll", jammerte ich. „So kann es auf keinen Fall weitergehen. Vorhin habe ich Nik gefeuert, und Anna ist auch weg. Wie soll ich für die Gäste kochen und mich gleichzeitig um alles andere kümmern? Das war sonst immer Niks Job …" Anna hatte ich gleich gestern Abend noch die fristlose Kündigung nach Hause geschickt.

Meine Freundin legte mir einen Arm um die Schulter und drückte mich. „Sofia, ich helfe dir, so gut ich kann, in Ordnung? Deshalb bin ich auch hergekommen. Du musst mir nur sagen, was ich zu tun habe." Sie schenkte mir ein breites Grinsen.

Für das Angebot war ich meiner Freundin mehr als dankbar. Irgendwo in der Phase zwischen unserer rebellischen Teenagerzeit und dem Erwachsenenalter war mir Tine beim

Inline-Skaten vor die Füße gestolpert. Es war Freundschaft auf den ersten Blick zwischen uns beiden gewesen, auch wenn ich Tine im ersten Moment für einen Jungen hielt. Sie hatte es aber auch darauf angelegt, mit ihren weiten Holzfällerhemden, den kaputten Hosen und den kurzen strohblonden Haaren, die wie kleine Stacheln von ihrem Kopf abstanden. Doch als Tine ein paar Jahre später Oliver kennengelernt hatte, veränderte sie schlagartig ihr Outfit. Sie ließ sich ihre Haare zu schulterlangen Locken wachsen, fing an, Wimperntusche zu benutzen, und figurbetonte Jeans hatten ihre durchlöcherten Hosen ersetzt.

In ein paar Wochen wollten Tine und Oliver heiraten, und sie konnte sich mittlerweile vorstellen, ein Kleid zu tragen, womöglich sogar ein weißes.

Tine war Anfang dreißig und drei Tage älter als ich, eine gefragte Barkeeperin im Nachtleben Regensburgs, und demzufolge oft bis spät in die Nacht hinein am Arbeiten. Tagsüber half sie ihrem Zukünftigen hin und wieder in dessen Feinkostladen. Deshalb wusste ich es umso mehr zu schätzen, dass sie mir ihre Hilfe im Restaurant anbot.

Meine Freundin hatte sich gerade sämtliche Schokoladenkrümel von ihrem Pullover geklopft und stach mit ihren schmalen Fingern energisch auf das Display ihres Handys ein.

„Was hast du vor?" Ich sah sie fragend an.

Erfreut grinste sie und hielt mir das Teil vor die Nase. Doch dann überlegte sie es sich schnell anders und steckte das Telefon zurück in ihre Tasche. „Sorry, ich glaube, das wäre in deiner jetzigen Situation ziemlich taktlos."

Ich verdrehte die Augen. „Nun zeig schon her."

Froh über meine Reaktion packte sie es wieder aus. „Tadaa! Was sagst du?"

„Ähm …" Ich räusperte mich, um ein wenig Zeit zu schinden, während ich noch auf das Foto starrte. Beim besten Willen konnte ich mir meine Freundin nicht in dem Ungetüm aus weißer Spitze vorstellen, das ein dunkelhaariges Model trug, dazu diese grausigen, mit Perlen bestickten Satinpumps. „Ernsthaft?"

„Schon gut. War nur ein Scherz." Tine gab mir einen freundschaftlichen Klaps auf den Rücken, bevor sie mir ein weiteres Foto zeigte. Diesmal zeigte das Bild sie selbst in einem schlichten, cremefarbenen Kleid mit zarten, durchsichtigen Ärmeln.

„Wow, Tine! Du siehst bildschön darin aus." Ich war ehrlich gerührt.

„Gestern war ich spontan in diesem Laden … ähm, der unten an der Donau. Ich habe es einfach anprobiert. Zudem war es ein echtes Schnäppchen, und da musste ich gleich zugeschlagen. Du weißt doch, Shoppen ist nicht so mein Ding." Tine strahlte über das ganze Gesicht. Doch schon kurz darauf wich ihr Lächeln einem besorgten Blick. „Du, Sofia, ich weiß, es ist ein denkbar ungünstiger Zeitpunkt. Aber Anna wollte sich doch um das Essen für unsere Hochzeit kümmern. Was machen wir denn jetzt?"

Sofort meldete sich mein schlechtes Gewissen. Das hatte ich total vergessen. Ich selbst würde Tines Trauzeugin sein und nicht selbst in der Küche stehen können. Riesenproblem.

„Das schaffen wir schon. Ich lass mir etwas einfallen", versicherte ich meiner Freundin zuversichtlicher, als ich mich fühlte. Das war typisch für mich. Ich war einfach immer viel zu impulsiv, zu spontan in meinen Reaktionen und Entscheidungen. Aber von meinem inneren Dilemma sollte Tine nichts mitbekommen, schließlich wollte ich ihre Vorfreude und ihr Glück nicht trüben.

***

Nachdem abends der letzte Gast bezahlt und das Restaurant verlassen hatte, hängte ich das GESCHLOSSEN-Schild an die Tür. Viel war jetzt nicht mehr zu tun. Tine hatte mir zum Abschied einen Kuss auf die Wange gegeben, bevor sie sich auf den Weg nach Hause machte.

Der Tag war nicht sonderlich erfolgreich verlaufen, und demzufolge war ich schlecht gelaunt. Nur wenige Gäste hatten das Lokal besucht, und davon waren viele auch noch unzufrieden gewesen. Meine im Augenblick miserablen Kochkünste würden sicherlich schnell die Runde machen. Wenn das so weiterging, war nicht nur meine Ehe gescheitert, auch der Traum vom eigenen erfolgreichen Restaurant würde bald ausgeträumt sein.

Sofia

Drei Wochen später …

„Hier." Meine Mutter stellte mir einen dampfenden Teller vor die Nase. Fertigpizza. Das war ja klar.

Sie war eine grauenvolle Köchin, was schon oft für Zoff mit Nonna gesorgt hatte. Der war es nämlich unbegreiflich, wie ihre eigene Tochter nicht in der Lage sein konnte, eine ordentliche Mahlzeit zuzubereiten. Hätte ich als Kind nicht den Großteil meiner Ferien bei meinen Großeltern verbracht und dort gesundes, selbst gekochtes Essen kennengelernt, wären sämtliche Geschmacksverstärker und Konservierungsstoffe an der Tagesordnung gewesen wie in anderen Familien Gemüse und Salat.

Mama bedachte mich mit einem sorgenvollen Blick. „Wein?"

Ich tat, als studiere ich das Etikett. In Wahrheit hatte ich keinen besonders erlesenen Geschmack, was Wein betraf. Nik war in dieser Hinsicht der Experte, und ich hatte mich immer auf seinen Gaumen verlassen. Zu besonderen Anlässen wusste ich ein Glas zu schätzen, doch heute rebellierte mein Magen bereits beim Gedanken daran. Also schüttelte ich den Kopf.

Mama setzte sich zu mir an den Tisch. „Sofia", begann sie vorsichtig, „so kann es nicht weitergehen. Ich finde, du lässt dich ganz schön hängen. Und auf Dauer ist es hier auch ein wenig eng für uns beide. Außerdem", sie deutete mit dem Kinn Richtung Sofa, auf dem sich Chipstüten und getragene Pullis von mir stapelten, „geht mir deine Unordnung langsam auf die Nerven."

Ich pickte eine Salamischeibe von meiner Pizza und schob sie lustlos von einer Seite zur anderen. „Glaub mir, Mama, ich habe mir das alles nicht ausgesucht. Sag doch gleich, dass du mich loswerden willst." Meine beleidigte Kleinmädchenstimme fand ihren Einsatz.

Sie verdrehte genervt die Augen. „Ich finde doch nur, dass du ein wenig vorschnell gehandelt hast. Meiner bescheidenen Meinung nach hat Nik eine zweite Chance verdient. Er ist ein guter Mann, Sofia. Ohne ihn an deiner Seite wirst du deine Spaghetteria nicht halten können." Meine Mutter legte den Kopf schief und schaute mich mit festem Blick an.

„Nik hat mich betrogen. Würdest du einen Seitensprung so einfach verzeihen?"

Mama blieb mir eine Antwort schuldig und zuckte stattdessen gelassen mit den Schultern. Ich stand so abrupt auf, dass der Stuhl auf den Boden knallte. „Mir ist der Hunger vergangen! Gute Nacht!"

Im Schlafzimmer meiner Mutter ließ ich mich auf das Kissen fallen und zog mir die Decke über den Kopf. Wie tief konnte man in seinem Leben eigentlich sinken?

Mit meinen zweiunddreißig Jahren wohnte ich also wieder bei meiner Mutter. Meinen Freunden hatte ich mich nicht aufdrängen wollen, und in unserem Haus residierte ja Nik. Ich sollte ihm einfach seinen Anteil an *Sofias Spaghetteria* ausbezahlen. Doch dazu fehlten mir im Moment die nötigen finanziellen Mittel. Vielleicht sollte ich einen Anwalt zu Rate ziehen.

Meine Mutter hatte vorhin einen wunden Punkt getroffen. Denn sie und Nik waren damals alles andere als begeistert gewesen, als ich ihnen von meinen Plänen, ein eigenes Restaurant zu eröffnen, erzählte.

„Sofia", warnte sie mich, „du magst ja eine herausragende Köchin sein. Doch ich glaube nicht, dass es dir liegt, Angestellte zu leiten."

Ich ließ mich von meiner Idee jedoch nicht abbringen. Denn ich wollte mehr in meinem Leben vorweisen können als nur den Beruf einer einfachen Köchin. Also hatte ich das Restaurant eröffnet, und es lief von Anfang an hervorragend.

Und dann war mein Kinderwunsch so stark geworden. Wir waren seit zehn Jahren ein Paar, sieben davon verheiratet, und die biologische Uhr tickte für mich.

Ich war wütend auf Nik, weil er auch diesen Wunsch nicht ernst genommen hatte. Dabei wollte ich nichts sehnlicher. Es hatte mir immer schon gut gefallen, wenn Nonna uns umsorgt hatte, und ich wünschte mir seit Langem, das gleiche eines Tages für Nik und unsere Kinder zu tun. Doch jetzt würde alles nur ein Traum bleiben.

Nik hatte es verbockt, aber war wirklich nur er schuld? Ich musste endlich diese energische Stimme in meinem Inneren zum

Schweigen bringen, die mir zuflüsterte, dass es auch an meinem falschen Stolz läge.

Ich nahm es meiner Mutter nicht übel, dass sie auf ein Happy End zwischen Nik und mir hoffte. Mir war bewusst, dass auch ich meine Fehler und Geheimnisse mit mir herumschleppte. Doch ich redete mir ein, dass Niks Betrug viel schwerer wog.

Ich schlug die Decke zurück, weil mir zu warm wurde.

Morgen würde ich meine restlichen Sachen aus unserem Haus holen. Ich wollte nicht länger die Schminksachen meiner Mutter benutzen müssen.

Verzweifelt betete ich, dass ich bis zu Tines Hochzeit mein Leben wieder halbwegs unter Kontrolle hatte. Tine wünschte sich ein einfaches italienisches Menü für dreißig Personen, und jetzt, wo ich Anna gefeuert hatte, wusste ich nicht, wie ich all das alleine mit David bewerkstelligen sollte.

Ich schüttelte mich. Diese verdammte Anna! Immer wieder tauchten ihr Körper und Niks nackter Hintern vor meinem inneren Auge auf. Nik, wie er Anna küsste, sein entsetzter Blick, als ich da in der Tür stand … Auf einmal verspürte ich einen bitteren Geschmack im Mund und ein unangenehmes Brodeln in der Magengegend. Gerade noch rechtzeitig schaffte ich es zur Toilette, wo ich mich übergab. Mama und ihre schreckliche Fertigpizza!

Ob Nik mich zum ersten Mal betrogen hatte, wie er immer wieder beteuerte? Ob es wirklich nur ein einmaliger „Ausrutscher" gewesen war?

Aber das spielte im Grunde genommen keine Rolle mehr. Morgen würde ich meinen restlichen Kram aus dem Haus holen und dann möglichst schnell sämtliche Erinnerungen, gute wie schlechte, hinter mir lassen. Das war zumindest der Plan. Unsere gemeinsamen Freunde und die Spaghetteria machten dabei das Ganze kompliziert. Nik und ich würden uns so immer wieder über den Weg laufen.

Nach meinem Date mit der Kloschüssel machte ich mir nicht einmal mehr die Mühe, mein restliches Make-up loszuwerden, und schleppte mich zurück zum Schlafzimmer, wo mich beinahe der Schlag traf, als ich die Verwandlung meiner Mutter von einer biederen Schneiderin zu einem sexy Marylin-Monroe-Verschnitt in einem engen schwarzen Kleid sah.

„Wow, Mama! Gehst du aus?" Ich lehnte mich zur Sicherheit gegen die Wand, da ich immer noch etwas wacklig auf den Beinen war.

Meine Mutter schlang sich ein pinkfarbenes Tuch aus Seide um den Hals. „Ich dachte, es tut dir gut, wenn du für dich allein sein kannst, Sofia." Sie betrachtete sich mit einem zufriedenen Lächeln im Spiegel.

Ich war mir nicht sicher, ob sie tatsächlich so uneigennützig handelte. Die Frau benahm sich in letzter irgendwie Zeit seltsam. Ob ein Mann dahintersteckte? Seit mein Vater sich gleich nach meiner Geburt aus dem Staub gemacht hatte, konnte ich mich nur an den Langweiler Georg an ihrer Seite erinnern. Das war allerdings schon ein paar Jahre her. Vielleicht hatte sie die eine oder andere Affäre gehabt, jedoch nie etwas Ernsthaftes.

„Jetzt schau nicht so entsetzt. Glaubst du, ich will mein restliches Leben als Dauersingle verbringen? Schließlich bin ich erst Mitte fünfzig", sagte sie, als ob sie meine Gedanken gelesen hätte, und lachte.

Mit unbeholfener Begeisterung fiel ich meiner Mutter um den Hals. Ich wusste ja selbst, dass es so nicht mehr lange weitergehen konnte.

Mama wohnte in diesem kleinen Apartment direkt an der Donau. Die Wohnung hatte sich nicht verändert, seit sie dort vor ein paar Jahren eingezogen war. Patchwork Kissen, die Möbel alle in Weiß gehalten und ein paar vertrocknete Pflanzen auf der Fensterbank. Trotzdem strahlte das Zuhause meiner Mutter Verlässlichkeit aus, und ich fühlte mich hier immer geborgen, wenn ich auf einen Espresso und einen Plausch bei ihr vorbeischaute.

„Danke, Mama. Für alles."

Zärtlich strich sie mir eine Strähne hinters Ohr. „Das wird schon wieder. Für alles gibt es eine Lösung. Schlaf jetzt." Sie hauchte mir einen Kuss auf die Stirn, und, ohne mir Näheres dazu zu sagen, was sie vorhatte und ob sie sich mit jemandem traf, ging sie und schloss behutsam die Schlafzimmertür hinter sich.

Nik

Niedergeschlagen trat ich ans Fenster und starrte gedankenverloren auf den Fluss, während ich immer noch mein Handy in den Händen hielt. Entgegen meiner Hoffnung hatte ich nichts von Sofia gehört. Meine Anrufe landeten auf ihrer Mailbox, und auch auf meine WhatsApp-Nachrichten reagierte sie nicht. Eigentlich hatte ich ihr mehr Zeit lassen wollen. Doch diese Warterei brachte mich um den Verstand. Meine Schwiegermutter hatte angedeutet, dass Sofia eine endgültige Trennung in Erwägung ziehen würde.

Nicht einmal die atemberaubende Aussicht – man schaute von unserem Küchenfenster direkt auf die Donau – konnte mich heute beeindrucken. Ich starrte auf meinen nackten Ringfinger. Meinen Ehering hatte ich schon Anfang des Jahres auf der Gartenparty eines früheren Kollegen verloren. Er war nie wieder aufgetaucht. Vielleicht war das tatsächlich ein böses Omen, wie Sofia es immer genannt hatte. Dabei machte ich mir nichts aus diesem Schmuckstück. Ich liebte sie, und ich brauchte dafür nicht den Ring am Finger. Sie hatte nicht verstehen können, wieso mein Herz nicht daran hing, wohl aber an der Uhr meines Onkels.

Bei diesem Gedanken zuckte ich kurz zusammen. Sofia hatte in ihrer berechtigten Wut den einzigen Gegenstand zerstört, der mir etwas bedeutete. Mein Onkel hatte sie mir kurz vor seinem

Tod geschenkt. Bei ihm war ich aufgewachsen, nachdem ich meine Eltern bei einem Autounfall verloren hatte.

Ein fader Geschmack stieg mir die Kehle hoch. Zum wiederholten Mal hörte ich „Ohne dich" von Selig in Endlosschleife und lümmelte mich auf die Couch, als es an der Tür klingelte. Ich hatte nicht vor, aufzumachen. Doch der unerwünschte Besucher gab einfach nicht auf. Auf dem Weg in den Flur stolperte ich über ein paar Schuhe. Mein Blick fiel dabei ins Wohnzimmer, wo ich in den letzten Tagen die meiste Zeit verbrachte. Auf dem Tisch stapelten sich leere Pizzaschachteln und ein paar halbvolle Bierflaschen.

„Du bist noch nicht fertig?" Oliver starrte mich entgeistert an.

Ich hatte die Verabredung mit ihm ganz vergessen. Dabei trafen wir uns schon seit Jahren jeden Freitag auf ein Bierchen. Aber da ich die letzten beiden Wochen schon nicht in der Stimmung dazu gewesen war, hatte ich nicht damit gerechnet, dass mein bester Freund heute hier auftauchen würde. Er drängte sich an mir vorbei und ging in die Küche.

Oliver pfiff anerkennend. „Du machst in Sachen häuslicher Ordnung Sofia ernsthaft Konkurrenz, würde ich sagen." Mein Freund deutete auf das Chaos.

Seit ihrem Auszug hatte ich nicht mehr aufgeräumt, und mit einem Mal genierte ich mich vor meinem Kumpel. „Es tut mir leid. Ich habe unseren Abend total vergessen."

Oliver zuckte lässig mit den Schultern und schnüffelte an meinem Pullover. „Deine Sachen müssten auch mal wieder ordentlich gewaschen werden, und eine Dusche wäre auch nicht verkehrt." Er grinste. „Ich räume inzwischen ein wenig auf und koch uns einen Kaffee. Ein bisschen Koffein kann dir nicht schaden."

Nach anfänglichem Protest schleppte ich mich ins Badezimmer und war nun doch froh, den Abend nicht allein verbringen zu müssen. Ich machte keinen Fortschritt, indem ich mich gehen ließ, und Sofia bekam ich dadurch auch nicht wieder.

Geduscht und in frisch gewaschenen Klamotten staunte ich nicht schlecht. Mein Freund hatte ganze Arbeit geleistet und es sah aus, als hätte es mein Pizza- und Biergelage nie gegeben.

„Konntest du inzwischen mit Sofia reden?", hakte Oliver vorsichtig nach.

Ich schüttelte den Kopf. „Sie geht nicht ans Telefon, und von Francesca lässt sie sich verleugnen." Meine Schwiegermutter hatte mir versprochen, sich etwas zu überlegen, nachdem ich mir eine lange Predigt über mein Fremdgehen hatte anhören dürfen.

Oliver schaltete den CD-Player aus, bevor er mir den restlichen Kaffee in meinen Becher goss. „Tine hilft ihr heute in der Spaghetteria. Vielleicht kann sie mir später mehr sagen."

Frustriert schüttelte ich den Kopf und nahm einen gierigen Schluck von der bitteren Flüssigkeit. „Sie hält sich aus allem raus und meinte zu mir, wir müssten schon selber miteinander reden. Sie scheint genauso wütend auf mich zu sein wie Sofia." Tine hatte bisher zwar noch nichts zu mir gesagt, aber ich spürte es natürlich deutlich, dass sie sich auf die Seite meiner Frau schlug.

„Ach was", murmelte Oliver, doch es klang nicht recht überzeugend. „Was hältst du von einem Bier im Irish?"

***

Draußen dämmerte es bereits, und ich war froh, nun doch noch etwas rauszukommen. Ein wenig frische Luft würde mir mit Sicherheit nicht schaden.

Zehn Minuten später waren wir unterwegs. Geistesabwesend setzte ich einen Schritt vor den anderen. Oliver trottete stillschweigend neben mir her. Das schätzte ich an unserer Männerfreundschaft. Wir mussten uns nicht ständig unterhalten.

Stillschweigend schlenderten wir über den Eisernen Steg, und ich hielt kurz inne, als mein Blick auf ein dunkelblaues Schloss fiel.

Über den Brauch mit den Liebesschlössern hatte ich mich zuvor immer lustig gemacht und ihn kitschig gefunden. Doch da Sofia die Idee so romantisch fand, hatte ich sie an unserem fünften Jahrestag damit überrascht. Nur zu gut erinnerte ich mich an das Leuchten in ihren karamellfarbenen Augen und ihre warmen, weichen Lippen, als sie mich küsste.

Traurig umklammerte ich das Schloss.

Danach hatten wir es zu unserem Ritual gemacht, jeden Donnerstagmorgen über diese Brücke zu schlendern, nach unserem Liebesschloss zu schauen und in dem Café gegenüber einen Espresso zu trinken. Doch dann war *Sofias Spaghetteria* dazwischengekommen und wir hatten keine Zeit mehr dafür gefunden.

Oliver musterte mich argwöhnisch von der Seite, bevor sein Blick auf die Gravur fiel. „Für Sofia. Du wirst immer die Eine für mich sein", las er laut vor. „Du und ein Liebessschloss? Ich glaube, du brauchst mehr als ein Bier."

Eigentlich war ich kein besonders romantisch veranlagter Mensch. Oliver hatte ich nie etwas davon erzählt, und in diesem Moment war mir die Situation ein wenig unangenehm. Unschlüssig drehte ich das Schloss hin und her. Ich brachte es nicht über mich, es abzunehmen. Seufzend folgte ich meinem Kumpel, der es plötzlich besonders eilig zu haben schien. Er hatte sicher nicht unrecht, ich würde etwas Stärkeres brauchen als nur ein Bier.

Sofia

Nach einer sehr unruhigen Nacht – wann genau meine Mutter nach Hause gekommen war, wusste ich nicht - mobilisierte ich am nächsten Morgen, einem Samstag, all meine Kräfte und fuhr zu dem Haus, wo ich noch vor wenigen Wochen gemeinsam mit Nik gelebt hatte. Seit dem Tag unserer Trennung war ich nicht mehr dort gewesen. Ich schielte auf die Uhr. Es war kurz nach acht. Um diese Zeit war Nik normalerweise immer beim Joggen, und ich würde ungestört meine restlichen Sachen holen können. Ich fürchtete mich vor dem Schmerz, der mich mit Sicherheit überwältigen würde, sobald ich auch nur einen Fuß über die Schwelle setzte.

Ich konnte mich nicht daran erinnern, wann wir zum letzten Mal ohne Streit nebeneinander eingeschlafen waren. Doch an die erste Begegnung mit Nik erinnerte ich mich genau.

Er hatte bei Tine an der Bar ein Bier bestellt und sich einen Platz in der Nähe gesucht, als sich auch schon die ersten gierigen Singlefrauen auf ihn stürzten. Seine dunkelbraunen Haare wirkten fast schwarz. Er trug sie lässig zerzaust, und seine bernsteinfarbenen Augen blitzten vor Neugierde und Lebensfreude. Ich würde Nik nicht als schön bezeichnen, doch er hatte etwas an sich, was ihn ein wenig geheimnisvoll wirken ließ und Eindruck auf Frauen machte.

Als sein Blick den meinen fand, wusste ich, dass ich ihn näher kennenlernen wollte. Also tat ich einfach so, als wäre ich seine Freundin. Überrascht von meinem eigenen Mut, hauchte ich ihm einen Kuss auf die Wange, setzte mich auf den Stuhl neben ihn und fragte: „Na, mein Schatz, wie war dein Tag?" Daraufhin suchten die mädchenhafte Amazone und ihre Begleiterin mit der weißblonden Megawelle, die aussah wie eine Mafiosogattin, schnell das Weite, um sich bei der nächstbesten Gelegenheit einem anderen Typen an den Hals zu werfen. Nik hatte damals gemeint, ich sei seine Rettung gewesen. Das war jetzt schon über zehn Jahre her.

Mir entfuhr ein nervöses Kichern. „Ist ja lächerlich. Ich geh da jetzt rein." Ich holte einmal tief Luft, bevor ich mich endgültig dazu durchrang und die Tür aufschloss. Vorsichtig trat ich in den Flur.

Das Haus wirkte kalt und aufgeräumt, von Wärme und Liebe war hier nichts mehr zu spüren. Der Anblick versetzte mir einen Stich in der Herzgegend.

Ich ging zur Küche hinüber. Nachdenklich fuhr ich mit meinen Fingern über die Arbeitsplatte aus Marmor. Dienstags, wenn im Lokal Ruhetag war, hatten wir hier gemeinsam mit Tine, Oliver und meiner Mutter gekocht. Es waren meist lustige Abende gewesen. Für einen kurzen Augenblick glaubte ich, noch immer unser fröhliches Gelächter zu hören.

Ich hatte mich darauf gefreut, hier das erste Weihnachtsessen im neuen Haus für die ganze Familie zu kochen. Womöglich hätte ich sogar Nonna zu einer Reise nach Deutschland überreden können. Ich schluckte hart gegen den Knoten an, der sich in meinem Hals bildete. Drei Kinder und ein großer Hund - das war mein Wunsch gewesen. Dazu würde es jetzt nie kommen. Denn gestern Nacht hatte ich endgültig beschlossen, mich von Nik zu trennen. Ich konnte ihm seinen Betrug nicht verzeihen. Wieder stahl sich eine Träne aus meinen Augenwinkeln, und ich verfluchte diese beschissene Wehmut.

Wir hatten es nicht einmal bis zum ersten Weihnachtsfest hier im Haus geschafft!

Ich öffnete die Terrassentür und trat hinaus in die frische Luft. Es war kalt, ich zitterte und hielt mit den Fingern den großzügigen Ausschnitt meines Pullovers zusammen.

Die Holzplatten auf der Terrasse hatte Nik selbst verlegt. In jeder freien Minute hatte er an unserem Haus herumgewerkelt. Das wurde mir gerade bewusst. Im nächsten Jahr hatten wir uns um den Garten kümmern wollen. Ich hatte mir einen Apfelbaum und einen Kräutergarten hinter dem Haus gewünscht, Rosen und ganz viel Lavendel. Doch jetzt türmte sich nur ein trauriger Haufen brauner Erde vor meinen Augen. So traurig, wie ich mich selbst fühlte.

Hoffentlich war Nik mit der Lösung, die ich mir in den vergangenen Stunden überlegt hatte, einverstanden, damit ich auch dieses Kapitel abschließen konnte. Mein Mann hatte seinen Penis nicht unter Kontrolle gehabt, und das gemeinsame Haus stellte noch eine Verbindung zwischen uns dar. Ich wollte mich aber nicht länger mit dem Schmerz der Vergangenheit auseinandersetzen müssen und wünschte mir Zeit, um innerlich zu heilen.

Mühsam schleppte ich mich nach oben ins Badezimmer. Aus dem Schrank kramte ich meine Haarbürste und diverse Kosmetikartikel heraus und warf sie achtlos in meine Tasche.

Auf der Kommode entdeckte ich Niks Aftershave, das ich so mochte. Ich konnte nicht widerstehen. Vorsichtig drehte ich an dem Verschluss und schnupperte. Der vertraute Duft nach Zitrone und Minze stieg mir in die Nase und katapultierte mich mit Höchstgeschwindigkeit zurück in die Vergangenheit.

Ich dachte an jene Stunden, in denen wir das Bett nur verlassen hatten, wenn uns der Hunger überkam, oder in denen wir stundenlang zu einer Kuschelrock-CD auf dem Sofa herumgemacht hatten. Wehmütig erinnerte ich mit an das erste Mal, als wir miteinander geschlafen hatten.

Mein Puls hatte gerast, als Nik näher an mich herangetreten war, so nah, dass seine Nasenspitze die meine berührte. Kein Sex vor dem dritten Date, lautete sonst meine Devise. Aber es war auch nicht so, dass ich in dieser Hinsicht einen großen Erfahrungsschatz vorweisen konnte.

In Liebesangelegenheiten hatte ich mich bisher immer für etwas ungeschickt gehalten. Doch als unsere Blicke sich begegneten, erkannte ich die Unsicherheit auch in seinen Augen. Es entsprach so gar nicht meiner Art, und ich überraschte mich selbst damit, als ich an diesem Abend den ersten Schritt wagte.

Nik lachte, als er bemerkte, wie eilig ich es hatte. Sanft strich ich ihm eine dunkle Strähne aus dem Gesicht, und es schien mir verrückt, so sehr wollte ich ihn. Er umfasste meine Mitte und zog mich an sich. Vorsichtig strich er mit seinen Lippen über meine. Ein paar Lichtstreifen der Dämmerung drangen durch das Fenster und tauchten sein Zimmer in orangefarbenes Licht.

Es schien alles perfekt. Ich spürte die Wärme seines Körpers, und ein angenehmer Duft nach Zitrone und Minze umspielte meine Nase. Erwartungsvoll hob ich meine Lider und schaute ihn an. Ich wollte mir nicht länger vorstellen, wie seine Hände über meinen Körper gleiten, ich wollte ihn spüren. Die Spannung zwischen uns ließ mein Blut schneller als sonst durch meine Adern rauschen. Ich küsste ihn und er stöhnte, als meine Hand seine nackte Haut berührte.

Zittrig hatte ich Luft geholt und ein Gefühl der Gewissheit gespürt, dass dieser Mann meine Zukunft sein würde.

Mittlerweile saß ich bibbernd auf den kalten Fliesen im Badezimmer. In der Hand hielt ich immer noch Niks Aftershave, und die Erinnerung an ihn, an uns ließ mich heftig zittern. Meinen Kampf gegen die Tränen gab ich endgültig auf und wischte mir mit dem Ärmel meines Lieblingspullovers den Rotz von der Nase.

Gerade wollte ich aufstehen, als jemand die Tür aufriss. Erschrocken zuckte ich zusammen.

„Sofia, was machst du denn hier?" Nik, bleich und müde im Gesicht, fuhr sich durchs Haar, welches wild vom Kopf abstand.

Ich funkelte ihn wütend an. „Warum bist du nicht beim Laufen, wie sonst jeden Morgen?" Der Geruch nach Alkohol und abgestandener Kneipenluft waberte mir entgegen, und ich fragte mich, ob er mit Anna unterwegs gewesen war.

Er starrte auf die Flasche in meiner Hand und lächelte. Schnell stand ich auf und stellte sie zurück auf ihren Platz.

„Ich war mit Oliver in der Stadt, wie immer freitags ... ein paar Bierchen trinken. Ist ein bisschen spät geworden. Was hältst du von einem Kaffee?" Seine Stimme klang heiser, und er wirkte nervös.

Ich nickte. Irgendwann musste ich schließlich mit ihm reden. Nachdem ich meine restlichen Klamotten in den Koffer gestopft hatte, trottete ich nach unten in die Küche, wo bereits mein Espresso auf dem Tisch stand und Nik auf einem der Stühle saß. Er hatte sich zwischenzeitlich umgezogen und lächelte vorsichtig. Der Blick, den er mir zuwarf, war eindringlich, aber schwer zu deuten. Ich setzte mich auf den Platz gegenüber.

„Sofia", murmelte er, „was kann ich tun, damit du mir verzeihst?" Nik zog die Schnürsenkel seiner ausgebeulten, grauen Jogginghose fester zu als nötig.

Ich schüttelte traurig den Kopf. „Ich kann nicht. Es ist zu spät. Ich denke, es ist das Beste, wenn wir uns trennen", sagte ich leise und ärgerte mich über die Unsicherheit in meiner Stimme und den stechenden Schmerz in meinem Herzen. Warum konnte ich ihn nicht einfach hassen? Das würde alles so viel einfacher machen.

Nik schnappte hörbar nach Luft und sprang auf. „Wie kannst du das alles hinter dir lassen wollen? Wir waren doch glücklich … die meiste Zeit. Vielleicht in den letzten Wochen nicht so, aber … Du kannst doch nicht alles einfach hinwerfen, nur, weil ich dich betrogen habe? Du hast ebenfalls deinen Teil dazu beigetragen, Sofia!"

Um ihm nicht gleich eine zu klatschen, trank ich zur Beruhigung erst von meinem Espresso. Dann sagte ich mit leicht zitternder Stimme: „Ach, jetzt bin ich schuld, dass du mit Anna in die Kiste gestiegen bist, oder was? Du machst es dir ganz schön einfach."

Nik setzte sich wieder. „Das … das habe ich nicht so gemeint, und das weißt du. Aber in der letzten Zeit war es nicht leicht mit dir. Ich konnte dir nichts recht machen. Ich dachte, wir lieben uns. Wir führen gemeinsam ein Restaurant. Wie stellst du dir das vor?"

Ich hatte Mühe, meine Tränen zurückzuhalten. Ich wollte nicht wieder weinen. Ein flaues Gefühl machte sich in meiner Magengegend breit, und am liebsten hätte ich ein Loch in die Wand geschlagen. Doch als wieder das Bild von ihm und Anna vor meinem inneren Auge aufflackerte, blieb ich erstaunlich ruhig und bemühte mich um einen gleichgültigen Auftritt.

„Und was ist mit unserem Haus? Deine ganzen Ideen, deine ganze Liebe steckt hier drin!" Er neigte den Kopf zur Seite, und ein Ausdruck tiefster Besorgnis zeichnete sich auf seinem Gesicht ab.

„Ich habe mir überlegt, das Restaurant gehört ab sofort nur mir … und dafür kannst du das Haus behalten." Genau so hatte ich mir den Plan in der Nacht zurechtgelegt, und er war mir ganz vernünftig erschienen.

„Vergiss es!"

Ich stöhnte auf und trank den letzten Schluck Espresso aus meiner roten Lieblingstasse. Mit Widerstand seinerseits hatte ich natürlich gerechnet. „Du weißt doch, wie wichtig mir die Spaghetteria ist. Ich kann nicht darauf verzichten. Und das Haus ist doch ein tolle Entschädigung für deinen Anteil am Lokal. Aber wenn du es anders willst, dann solltest du dir einen guten Anwalt suchen." Ich stand auf.

Seine Augen füllten sich mit Tränen. Obwohl ich Nik noch immer für seinen Seitensprung bestrafen wollte, konnte ich mich nicht so recht über diesen kleinen Sieg freuen. In meinem Bauch rumorte es. Ich wollte weg. Schließlich hatte ich alles gesagt. Warum nur fühlte sich meine Entscheidung so falsch an?

Fluchtartig verließ ich unser Haus. In der nächsten Ecke erbrach ich mein dürftiges Frühstück vom heutigen Morgen ins Gebüsch. Mein Körper entspannte sich langsam, und ich ließ meinen Tränen freien Lauf. Ich glaubte zu spüren, wie der unsichtbare Graben zwischen uns soeben noch breiter geworden war.

Sofia

„Sofia, ich muss sofort mit dir sprechen. Es ist wichtig." Meine Mutter war soeben zur Tür hereingerauscht. Für die hatte ich gerade echt keine Nerven.

Seit ich meine restlichen Sachen aus dem Haus geholt hatte, lag sie mir damit in den Ohren, es mir noch einmal zu überlegen. Ich hatte kurz mit ihr über meinen Vorschlag, wie ich ihn Nik gemacht hatte, gesprochen. Doch sie versuchte ständig, mir das Ganze auszureden und mich davon zu überzeugen, dass Verzeihen eine großartige Sache sei.

Fehlendes Stimmengewirr und Musik waren eindeutige Zeichen dafür, dass in *Sofias Spaghetteria* heute die Gäste fehlten. Lediglich zwei Tische waren heute Mittag besetzt. Leider kam das seit dem Vorfall mit Anna immer häufiger vor. Es schien, als hätte ich jegliches Gespür fürs Kochen verloren, was sich natürlich rumsprach.

Mama bohrte ihren Zeigefinger in meine weiße Hemdbluse und zeigte mit dem Kinn in Richtung Küche. „Komm jetzt! Tine hält hier die Stellung, nicht wahr?"

Meine Freundin nickte und zuckte mit den Schultern, als wollte sie mir sagen: „Sorry, ich weiß auch nicht mehr als du."

Im Moment hatte ich nur wenig Lust auf ein Gespräch mit meiner Mutter, noch dazu, wenn es angeblich so dringend war. Doch sie schleifte mich bereits hinter sich her in die Küche.

„Wo sind denn deine Leute?", fragte Mama entsetzt.

„Die habe ich nach Hause geschickt. Du siehst ja, dass hier nichts los ist."

Sie holte tief Luft. „Weißt du, Liebes, ich sage das wirklich immer wieder ungern. Aber vielleicht ist der Traum vom eigenen Restaurant nicht das Richtige für dich."

In gespielter Verachtung verdrehte ich meine Augen. Leider musste sie immer wieder davon anfangen. „Espresso?"

Dieser schwarze Zaubertrank galt in meiner italienischen Familie seit jeher als eine Art Währung. Wollte man etwas haben: Espresso. Gab es einen Streit: Espresso. Suchte man Trost: Espresso. Manchmal fragte ich mich, ob meine italienische Großmutter mir früher sogar heimlich etwas vom Espresso in die Milchflasche gemischt hatte.

Mama nickte. Ich donnerte zwei Tassen auf den Tisch und verschüttete dabei die Hälfte des Kaffees.

„Herrgott, Sofia!" Das war der neue Lieblingsausdruck meiner Mutter. „Du hast keinen Grund, auf mich wütend zu sein. Ich kann nichts dafür, dass in deinem Leben gerade nicht alles so läuft, wie du es dir vorgestellt hast."

Sie hatte natürlich recht damit. Ich zog mir einen zweiten Stuhl heran und legte meine Beine darauf ab. Gerade sehnte ich mich nach einer Pause von diesem anstrengenden Leben. Ich wusste nicht, auf wen ich wütender war. Auf Nik, weil er mich betrogen hatte, oder auf mich selbst, weil ich mich und meine Gefühle nicht unter Kontrolle bekam.

„Ich weiß. Tut mir leid. Also, Mama, was gibt es denn so Dringendes?"

Zuerst trommelte sie mit ihren Fingern auf dem Tisch herum, bevor sie an der Nagelhaut ihres Daumens knabberte. Das war definitiv kein gutes Zeichen.

„Nonna kommt nächste Woche zu Besuch."

Sofort erfasste mich unbändige Freunde. Ich strahlte übers ganze Gesicht. „Meine Nonna kommt? Aber das ist doch eine großartige Nachricht."

Meine Mutter schüttelte den Kopf und schaute mich ernst an. „Sie will sich bei dir und Nik von ihrem Herzinfarkt erholen."

Meine Augen wurden vor Schreck ganz groß. „Nonna hatte einen Herzinfarkt? Warum weiß ich davon nichts?" Auf Opas Beerdigung hatte sie auf mich einen recht fitten Eindruck gemacht, obwohl sie gerade erst ihren Mann verloren hatte.

Mama nippte an ihrem Espresso und verzog angewidert das Gesicht. Kaffeekochen zählte nicht zu meinen Stärken. Asche über mein Haupt.

„Der Tod deines Großvaters hat ihr offenbar mehr zugesetzt als gedacht. Ich habe dir nichts davon erzählt, weil du im Moment genug um die Ohren hast. Ich wollte dich nicht zusätzlich belasten." Sie seufzte. „Hast du eigentlich verstanden, was ich vorhin gesagt habe? Nonna will bei dir wohnen. Bei dir und Nik." Ihre Stimme wurde leiser. „Ich habe versehentlich gesagt, dass ich das für eine gute Idee halte."

„Ma cosa ti è venuto in mente? Was hast du dir dabei gedacht?" Ich sprang auf, und mein Stuhl kippte um. Aufgeregt tigerte ich von einer Ecke der Küche zur anderen. „Oh nein! Nonna weiß nichts von der Trennung. Ich habe es ihr immer verschwiegen, wenn wir miteinander telefoniert haben. Sie hält nichts von Scheidungen. Das weißt du so gut wie ich. Was machen wir denn jetzt?"

Hilfesuchend sah ich meine Mutter an. Doch die zuckte nur lässig mit den Schultern.

Seit meiner Kindheit hatte ich zu Oma ein sehr inniges Verhältnis. Doch da Nonna strenggläubige Katholikin war, würde es mit ihrer Zuneigung zu mir wahrscheinlich vorbei sein, wenn herauskam, dass ich nicht mehr mit Nik zusammen war. Ob daran das Wissen um Niks Ehebruch etwas ändern würde, wusste ich nicht. Außerdem fürchtete ich um Nonnas Gesundheit, wenn sie die Wahrheit erfuhr. Schließlich hatte sie erst einen Herzinfarkt gehabt, und keinesfalls wollte ich ihr zusätzlich Kummer bereiten.

„Wie wäre es mit der Wahrheit?", schlug meine Mutter vor.

Entsetzt schüttelte ich den Kopf und konnte nicht fassen, dass ausgerechnet sie so einen Vorschlag machte. Letztendlich wusste sie selbst, dass mit Nonna nicht zu spaßen war, was familiäre Angelegenheiten betraf.

Mama stand auf und nahm mich in den Arm. Dabei spürte ich ihren Espressoatem im Nacken.

„Vielleicht müssen wir einfach eine andere Lösung finden?",
meinte sie und grinste verschmitzt, als sie mir ihren grandiosen
Plan schilderte.

***

Ich hatte meiner Mutter die Herrschaft über mein Restaurant
überlassen, und war in die Wohnung gefahren, um mich vorher
umzuziehen.

Jetzt machte ich einen großen Ausfallschritt, um nicht in die
riesige Pfütze zu treten, die vor mir den Pflasterfugen trotzte.
Meine Nerven begannen zu flattern, als ich die ruhige, von
ordentlichen und älteren Häusern gesäumte Straße erreichte. Die
meisten hatten einen weißen Giebel und einen kleinen Vorgarten,
der bei jedem Haus anders aussah. Hierherzukommen, um mit
Nik in meinem ehemaligen Zuhause über Mamas Plan zu
sprechen, fiel mir unglaublich schwer. Aber was blieb mir anderes
übrig?

Trotz des Regenschirms waren mein Lieblingsmantel und die
weiße Bluse, die ich darunter trug, völlig durchnässt, denn es goss
in Strömen. Wieso hatte ich nur gedacht, es wäre eine gute Idee,
zu Fuß zu laufen? Mein Oberteil würde komplett durchsichtig
sein, sobald ich den Mantel ausziehen würde. Vielleicht sollte ich
ihn einfach anlassen? Sonst würde ich Nik auch noch unfreiwillig
eine Peepshow bieten. Vielleicht war das aber auch zu meinem
Vorteil. Nackten Brüsten konnte er nur schwer widerstehen.

Kaum gedacht, schon holte mich die Erinnerung an Nik und Anna wieder ein. Würde ich dieses Bild jemals aus dem Kopf bekommen?

Ich spürte erste Tränen in den Augen brennen, löste meinen Zopf im Nacken und atmete tief durch. Wenn ich meiner Nonna weder in Scham noch in Schande gegenübertreten wollte, musste ich mit Nik reden.

Letzten Endes diente die ganze Sache einem guten Zweck. Zumindest redetete ich mir das ein.

Gegen meinen Willen huschte ein Lächeln über mein Gesicht. Nur zu gut erinnerte ich mich an den Tag, an dem mich Nonna zum ersten Mal in die Geheimnisse der italienischen Küche eingeweiht hatte.

In den Sommerferien, die ich regelmäßig in Italien verbracht hatte, war ich fast jeden Tag mit den Nachbarskindern durch die Gegend gestromert, um dann völlig ausgehungert in Nonnas Küche zu landen. Auf der Suche nach etwas Essbaren durchforstete ich sämtliche Schubladen.

„Cara mia, was tust du denn da?"

Ich zuckte erschrocken zusammen und fühlte mich ertappt.

„Warte gefälligst, bis ich etwas Anständiges gekocht habe. Du verdirbst dir sonst den Appetit." Ihr Zeigefinger schellte nach oben, und wie immer, wenn sie mit mir schimpfen wollte, lachte sie dabei. Nonna zog meinen Haargummi ein wenig fester. „Weißt du, was? Am besten hilfst du gleich mit."

Ich schüttelte meine dünnen Zöpfe. Wenn meine Großmutter wie heute Gäste erwartete, würde das Kochen eine gefühlte Ewigkeit dauern, und darauf hatte ich nun wirklich keine Lust. Viel lieber wollte ich nur schnell meinen großen Hunger stillen und dann wieder nach draußen zu den anderen verschwinden. Schließlich mussten wir Räuber verjagen. Doch wie so oft ignorierte Nonna meinen stillen Protest.

„Es wird Zeit, dass du lernst, dass Kochen mehr bedeutet, als eine Tiefkühlpizza in den Ofen zu schieben oder gar diese grässlichen Fischstäbchen, die deine Mutter dir immer vorsetzt." Sie stellte Mehl und Wasser bereit.

Doch ich machte nur große Augen und wusste damit nichts anzufangen. Wie auch, schließlich war ich erst acht Jahre alt und von meiner Mutter hatte ich in der Küche noch nichts gelernt.

Nonna seufzte. „Du hast also wirklich keine Ahnung vom Kochen. Was für eine Schande!" Sie lachte, schnappte sich das Mehl, kippte ordentlich etwas davon auf die Arbeitsfläche und vermischte es mit Wasser und ein paar großzügigen Tropfen Olivenöl. „So, Cara mia. Jetzt bist du an der Reihe. Du musst den Teig so lange kneten, bis er sich so richtig schön geschmeidig anfühlt."

Mit aller Kraft knallte ich den Teig zurück auf die Arbeitsplatte, so, wie ich es zuvor bei meiner Großmutter gesehen hatte. Ich knetete mit meinen kleinen Fingern, so fest ich konnte. „Nonna, wie lange denn noch? Mir tun schon die Hände weh."

Meine Oma strich sich die Schürze über ihrem Bauch glatt. „Das ist ein gutes Zeichen, Sofia. So weißt du, dass du auch fest genug knetest."

Anschließend rollten wir den Teig zu einer langen Wurst, schnitten Teile davon ab und formten daraus kleine Öhrchen, die Nonna Orecchiette nannte. Ich bewunderte die gleichmäßigen Formen meiner Großmutter, während meine Nudeln eher wie die Ohren von Dumbo, dem Elefanten, aussahen.

„Nicht übel, Cara mia, das machst du prima", lobte Nonna. Stolz reckte ich das Kinn und schenkte ihr ein breites Lächeln. Anschließend ernteten wir Kräuter aus dem Garten, hackten Zwiebeln und passierten Tomaten für die Soße. Nonnas Küche war für mich die beste auf der ganzen Welt. Niemand zauberte frische Pasta so gut wie meine Nonna. Gekaufte Nudeln seien für eine waschechte Italienerin wie sie eine Schande, wurde sie niemals müde, zu betonen.

Und nirgendwo sonst hatte ich so viele köstliche Dinge auf einmal genießen können. An solchen Tagen hatte es meistens zuerst Suppe gegeben.

Mein Großvater liebte Zuppa di pesce. Ich hingegen fand sie als Kind widerlich. Fisch und anderes Meereszeug, igitt! Viel lieber mochte ich Orecchiette pomodori, Öhrchennudeln mit Tomatensoße.

Nach der Suppe kam die Pasta, danach ein Fleisch- oder Fischgericht, und zum Dessert gab es häufig Obst, etwas Süßes oder auch Käse, den Opa manchmal vom Markt mitbrachte.

Ich liebte die Sommer bei meinen Großeltern in der Nähe Cisterninos. Immer lag ein köstlicher Duft von Rosmarin und Tomaten in der Luft, und ich genoss die Augenblicke, wenn die vielen Menschen um den Tisch im Haus meiner Großeltern herum versammelt waren. Es war immer laut, und es wurde viel gelacht. Wenn der Wein sich langsam leerte, hatte es oft hitzige Diskussionen zwischen den Erwachsenen gegeben, die ich amüsiert verfolgt hatte.

Unsanft schreckte ich aus meinen Gedanken auf. Nun war doch etwas von dieser ekelhaften Brühe am Boden in meine weißen Ballerinas geschwappt. Ich fluchte und wünschte, ich wäre vorhin nicht so eitel gewesen und hätte mich für ein Paar Stiefel entschieden, so, wie es ein Herbsttag wie dieser erforderte. Meine Lieblingsschuhe würde ich sicher nie mehr sauber bekommen.

Langsam bibberte ich vor Nässe und Kälte und zog den Kragen meines dünnen Wollmantels noch fester zusammen, bevor ich unter unserem Hausdach Schutz vor dem Regen fand und den Schirm an die Wand lehnte. Hektisch kramte ich nach dem kleinen Spiegel in meiner Handtasche und unterzog mein Äußeres einem kritischen Blick. Zum Glück hatte ich seit meinem Auszug nun immer ein wenig Notfall-Make-up im Gepäck: Lipgloss, Puder und feuchte Kosmetiktücher. Die kamen nun endlich ihrer wahren Bestimmung nach.

Mit einem der Tücher tupfte ich mir die verschmierte Wimperntusche aus den Augenwinkeln, puderte mir anschließend über die blasse Nase und sorgte mit dem Gloss für ein wenig Glanz auf den Lippen. Eine lästige Haarsträhne klemmte ich hinters Ohr. Ich warf einen letzten prüfenden Blick in den Spiegel. Besser als zuvor war es allemal. Ich beschloss, gleich zur Sache zu kommen. Das Herumgetanze um den heißen Brei lag mir nicht besonders.

Nervös drückte ich auf die Klingel – meine Schlüssel wollte ich nicht benutzen, um ihn nicht zu überraschen – und hoffte inständig, dass Nik da war. Denn ich wusste nicht, ob ich später noch einmal den Mut aufbringen würde, ihn zu fragen.

Nik

„Sofia? Was machst du denn hier?" Ich wusste nicht, ob ich mich über ihren Besuch freuen sollte. Ich hatte sie das letzte Mal an dem Samstagmorgen gesehen, als sie ihre Sachen abgeholt hatte und mir verkündete, sich von mir zu trennen. Dass sie jetzt so unangemeldet vor mir stand, ließ mich für einen Moment zusammenzucken. Hatte sie es sich anders überlegt? Ein winziger Funke Hoffnung regte sich in mir.

„Nette Begrüßung", murmelte sie und drängte sich schnell an mir vorbei, so, dass ich gar keine Chance hatte, zu überlegen, ob ich sie hereinbitten wollte. Sie sah aus wie der sprichwörtliche begossene Pudel, ihr schicker Mantel durchgeweicht, der Saum ihrer Hose hatte sich komplett mit Wasser vollgesogen, und eine nasse Haarsträhne klebte auf ihrer Wange.

Etwas unbeholfen hüpfte sie im Flur auf und ab, während sie versuchte, ihren zweiten tropfnassen Schuh loszuwerden. Ich verkniff mir ein Lachen und reagierte blitzschnell, als Sofia drohte, mit ihrem knochigen Hinterteil auf den harten Boden zu krachen.

„Geht schon", murrte sie, legte ihren Mantel vorsichtig über den Heizkörper zum Trocknen und zupfte ihre ebenfalls durchnässte Bluse aus dem Hosenbund.

„Du bist klatschnass", stellte ich das Offensichtliche fest, während ich vergeblich versuchte, nicht auf ihre Oberweite zu schielen. Ihre Bluse war vom Regen durchsichtig geworden und schmiegte sich an ihre kleinen Brüste. Wie so häufig trug Sofia statt eines BHs nur ein Top darunter. „Willst du einen trockenen Pulli von mir anziehen?" Mein Puls raste, als ich ihr die nasse Haarsträhne aus dem Gesicht strich.

Sofia schüttelte den Kopf. „Geht schon. Ich bleibe ja nicht lange."

Angestrengt bemühte ich mich, sie nicht die ganze Zeit mit Blicken zu verschlingen. Es faszinierte mich, wie sehr mich Sofias Anblick immer noch aus der Fassung bringen konnte. Doch dann fiel mir ein, dass sie vielleicht schon bald meine Ex-Frau sein würde. Allein der Gedanke versetzte mir einen Schlag in die Magengegend. Mit Sofia war es nicht immer leicht gewesen, und zeitweise hatte es mehr Tiefen als Höhen gegeben. Trotzdem liebte ich sie und hatte Angst, sie zu verlieren.

„Espresso?" Auch ich wusste um die Gepflogenheiten ihrer Familie: Espresso für alle Gelegenheiten im Leben, für die heiklen ebenso wie für die guten.

Sie rümpfte die Nase. „Glaub mir, ein Kaffee reicht mir heute nicht. Ich brauche schon etwas Stärkeres."

Ich beobachtete amüsiert, wie sie sich am Kühlschrank bediente. Sie entschied sich für einen ordentlichen Schluck aus der Flasche mit Grappa, den mir Oliver bei seinem letzten Besuch aus dem Feinkostladen mitgebracht hatte. Ich glaubte, meine Frau nicht wiederzuerkennen, als sie zuerst das Gesicht verzog, sich aber trotzdem nachschenkte. Normalerweise trank sie keinen Schnaps. Ab und an genehmigte Sofia sich ein Glas Rotwein zum Abendessen. Etwas Stärkeres rührte sie sonst nie an.

Als sie zu mir herübersah, zog ich ertappt den Kopf ein. Sofia musterte mich, als liege ihr ein bissiger Kommentar auf der Zunge. Irgendwie fühlte sich die Situation unwirklich an.

„Auch einen?" Doch Sofia wartete meine Antwort gar nicht erst ab, nahm die Flasche mit und ließ sich seufzend in die grauen Polster fallen. Ungläubig starrte ich sie an.

„Also, Sofia, was verschafft mir die Ehre?" Ich setzte mich so dicht neben sie, dass unsere Schenkel sich berührten. Abgelenkt von ihrer immer noch durchscheinenden Bluse, bemühte ich mich um einen lässigen Eindruck. Wahrscheinlich wäre sie am liebsten vor mir zurückgewichen, da sie immer noch wütend auf mich und verletzt war. Aber sie wich nicht aus, sondern drückte ihr Bein fester gegen meins. Was sollte das denn bedeuten?

„Nonna kommt." Sofia bemühte sich um eine deutliche Aussprache. Der Alkohol zeigte langsam Wirkung.

„Und?" Ich zuckte ungerührt mit den Achseln.

„Sie will bei uns wohnen." Sofia schlug mit der Handfläche auf meinen Oberschenkel. „Bei dir und mir. In unserem Haus."

„Wir sind nicht mehr zusammen. Hast du ihr das denn nicht gesagt?"

Sie schüttelte den Kopf. Geduldig hörte ich zu, wie Sofia mir von dem Unglück erzählte, von Nonnas Herzinfarkt und der grandiosen Idee, die wir ihrer Mutter zu verdanken hatten.

Sofia vermischte dabei ihren deutschen Wortschatz mit dem italienischen, so, wie sie es immer tat, wenn sie aufgeregt war. Oder betrunken. Zeitweise hatte ich Mühe, ihr zu folgen. Doch ich musste innerlich lächeln und zufrieden feststellen, dass das Schicksal mir direkt in die Hände spielte. Ich wollte meine Frau zurück, und jetzt bekam ich meine Chance. Doch zu leicht würde ich ihr die Sache auch nicht machen.

„Sofia, du hast sie doch nicht mehr alle." In gespielter Empörung schlug ich die Hände über dem Kopf zusammen. „Nach allem, was zwischen uns vorgefallen ist, sollen wir das glückliche Traumpaar spielen? Und das ganze Theater nur, weil du zu feige bist, deiner Großmutter die Wahrheit zu erzählen?"

„Ach, hör doch auf!" Anklagend drohte sie mir mit ihrem Zeigefinger. „Du hast mich betrogen! Du hast alles kaputtgemacht, Nik! Und jetzt … das … schuldest du mir!"

Sofia

Ich wollte aufspringen, überlegte es mir jedoch schnell anders, als meine Welt anfing, sich zu drehen. Wütend kniff ich meine Lippen zusammen und mied seinen Blick. Gerade als ich mir einen weiteren Schluck gönnen wollte, riss Nik mir mein neues Lieblingsgetränk aus den Händen.

„Ich glaube, du hast genug."

Mit dem Alkohol im Blut stieg auch mein Mut. Ich zog Nik zu mir heran, wollte ihm am Kragen packen, erwischte jedoch nur den Ärmel seines Pullovers. „Also, was ist jetzt? … Bist du dabei?" Doch bevor er mir antworten konnte, wurde mir schlecht. Ich rannte zur Toilette und kotzte mir gefühlt die Seele aus dem Leib.

Im Taxi, zumindest nahm ich an, dass es eines war, spürte ich, wie jemand seinen Arm um meine Taille schlang. Ich hoffte, dass es sich dabei um Niks Arm handelte. Beim besten Willen konnte ich mich nicht daran erinnern, ob und was Nik vorhin geantwortet hatte. Hilfe, was für ein Filmriss! Ich wollte ihn danach fragen. Doch es kamen nur unverständliche Laute aus meinem Mund.

Das sanfte Schaukeln des Autos lullte mich schließlich ein. Ich hatte wohl wirklich zu viel Grappa getrunken. Selbst als mein Kopf unsanft gegen die Scheibe krachte, störte mich das nicht weiter.

***

„Und du glaubst, dass dieses Theater funktioniert, Francesca?"

Ich hörte Niks Stimme, als ich aus dem Bad gekrochen kam. Ich fühlte mich noch immer schwach, aber mein Herz schlug sofort schneller, und ich war froh darüber, dass er immer noch hier war. Ich deutete seine Anwesenheit als ein gutes Zeichen. Gespannt lauschte ich der Antwort meiner Mutter.

„Es muss. Sofia macht sich Sorgen, dass Nonna wieder einen Herzinfarkt erleidet, wenn sie erfährt, dass ihr beide euch scheiden lassen wollt. Das ist gar nicht so abwegig. Du kennst doch meine Mutter."

Mama seufzte und schenkte mir einen mitleidigen Blick, als sie bemerkte, dass ich in der Tür stand und lauschte.

„Na, du kleine Schnapsdrossel? Geht's wieder?"

Niks Lachen klang in meinen Ohren viel zu laut. Jetzt fiel mir wieder ein, warum ich sonst nicht trank. Ich konnte es überhaupt nicht leiden, wenn ich nicht Herrin der Lage war, und nun war ich ausgerechnet in Anwesenheit meines Ex voll wie eine Haubitze gewesen, und das nur wegen ein bisschen Grappa.

Als Mama mir eine Tasse Espresso unter die Nase hielt, was sie sicher gut gemeint hatte, musste ich erneut im Bad verschwinden. Schließlich sank ich auf die Blümchencouch und warf mir eine Decke über. Ich fühlte mich hundeelend und wäre am liebsten im Erdboden versunken. Wie hatte ich mich nur so vor Nik blamieren können?

„Ihr habt sicher einiges zu bereden", sagte Mama und verließ das Zimmer.

Ich zog meine Beine zur Brust. Mir war immer noch speiübel. „Nik?"

Beinahe besorgt blickte er mich an.

„Habe ich vorhin etwas Dummes gesagt? Etwas Peinliches oder so?"

Er räusperte sich. „Du meinst, außer dass du mich einen schwanzgesteuerten Hurensohn genannt hast, nur um mir danach zu gestehen, dass du mich immer noch liebst?"

Entgeistert starrte ich ihn an und verfluchte den Erfinder des Alkohols.

„Das war ein Scherz, Sofia. Bis auf den Hurensohn. So hast du mich leider tatsächlich genannt."

Ich biss mir auf die Lippen und wusste nicht, was ich antworten sollte. Nik, lässig gegen die Wand gelehnt, sah mir in die Augen. „Wie gesagt, ich bin dabei. Ich helfe dir und spiele bei der ganzen Sache mit."

Ein triumphierendes Lächeln huschte über mein Gesicht. „Ich wusste es."

Nik lachte. „Nicht so schnell! Ich arbeite auch wieder mit dir in der Spaghetteria – schließlich darf Nonna überhaupt nichts merken –, und wenn du danach immer noch auf die Scheidung bestehst", er zwinkerte mir zu, „ändert das nichts daran, dass die Spaghetteria zur Hälfte mir gehört."

„Freu dich mal nicht zu früh, Nik. Wir machen das alles nur wegen Nonna und nicht, um festzustellen, ob wir doch weiter zusammenbleiben können. Und die Spaghetteria werde ich ganz sicher nicht mit dir teilen! Dafür wird mein Anwalt schon sorgen." Bockig stemmte ich im Sitzen meine Hände in die Hüften. Leider mangelte es mir in diesem Punkt an Schlagfertigkeit, und dass ich noch nicht einmal einen Anwalt konsultiert hatte, verschwieg ich ihm lieber.

Er verabschiedete sich, indem er mir zunickte und noch ein „Erhol dich gut" zurief. Dann schloss er etwas unbeholfen die Tür hinter sich.

In den nächsten Tagen würden wir das Gästezimmer im Haus herrichten müssen. Das hatten wir bei der Renovierung bisher völlig außer Acht gelassen. Immer noch zierte eine vergilbte Rosentapete der vorigen Eigentümer die Wand, und passende Möbel hatten wir auch noch keine besorgt. Dabei fehlte mir für solche Spielereien nun wirklich die Zeit.

Kritisch beäugte ich mein müdes Spiegelbild. Meine Haare standen wild vom Kopf ab, meine braunen Augen schienen ohne Glanz und Lebensfreude. Meine Lippen wirkten verkniffen. Verbittert. Das schien mir der richtige Ausdruck für meine aktuelle Gefühlslage zu sein.

Wie nur sollte ich Niks Nähe in den kommenden Wochen aushalten? In meinem Kopf tobten noch immer die Bilder von ihm und Anna. Ich würde ihm diesen Vertrauensbruch niemals verzeihen können, ganz egal, was er mir dazu erklären wollte. Aber gleichzeitig sehnte sich mein dummes Herz nach ihm, seinen Berührungen, seinen Küssen. Ich hatte ihn schließlich geheiratet, weil ich ihn liebte und ihm vertraute. Ich wollte gemeinsame Kinder mit ihm.

Aber statt der früheren Vertrautheit wirkte er jetzt fremd auf mich. Ich überlegte, wie gut ich meinen Mann tatsächlich kannte und wie viel gezwungene Fröhlichkeit ich uns allen zumuten konnte. Es war sicher sehr riskant, nur um meine Nonna zu schützen, ihr eine intakte Beziehung vorzuspielen. Und ausgerechnet jetzt mussten wir wieder gemeinsam im Haus leben und vor meiner Großmutter so tun, als wäre alles wundervoll und perfekt zwischen uns …

***

Tine ließ sich neben mich auf einen Barhocker plumpsen.

„Du wirkst immer noch ein bisschen blass um die Nasenspitze", sagte sie gleich zur Begrüßung. Dabei konnte sie sich ein Lachen nicht verkneifen.

„Nik hat also alles bereits brühwarm erzählt. Das hätte ich mir denken können." Ich rollte mit den Augen und musterte meine Freundin, die mich in dem hellgrünen Kleid und den lachsfarbenen Satinpumps überraschte.

Sie bemerkte meinen Blick. „Olli und ich haben später noch was vor." Ihre Wangen färbten sich rot.

Nach den Details fragte ich lieber nicht. Ich war einfach nur froh, hier mit ihr sitzen zu können und mir alles von der Seele zu reden, statt den Abend in Gesellschaft des Fernsehers und meiner Mutter zu verbringen.

„Ich war nur zufällig in der Küche, als Nik mit Oliver gesprochen hat." Tine grinste und deutete auf das Glas mit stillem Wasser, welches ich vor mir hin und her schob. „Wie kann man eigentlich von zwei Minigläsern Grappa so betrunken sein?"

„Das war mindestens die halbe Flasche", protestierte ich. Wenn ich nur an dieses ekelhafte Zeug dachte, rebellierte mein Magen. Ich schauderte.

„Da hat Nik gestern aber etwas anderes behauptet. Die Flasche soll noch gut voll sein." Meine Freundin schien sich prächtig über mich zu amüsieren.

„Na schön. Ich vertrage eben nichts", gab ich zu. „Außerdem zerrt die ganze Geschichte mit Nik und Anna an meinen Nerven."

Unsere Lieblingskneipe war heute nur spärlich besucht. Das gedämpfte Licht ließ Tines Haar honiggelb wirken, und ihre Augen strahlten. Ich wollte mir nicht eingestehen, dass ich neidisch auf das Glück meiner Freundin war. In wenigen Wochen würde sie heiraten, und ich würde lieber mit keinem Wort erwähnen, dass ich immer noch keinen Plan für ihr Hochzeitsessen hatte.

„Hältst du das alles wirklich für eine gute Idee? Ich meine, das Theater für deine Nonna …" Sie wirkte besorgt. „In dieser Zeit kannst du ihm doch kaum aus dem Weg gehen."

Ohne die Aussicht, mich mit meinen Sorgen zu Tine flüchten zu können, hätte ich die Tage bis zu Nonnas Ankunft kaum überstanden.

„Das wird schon gut gehen." Ich setzte mein Ich-habe-alles-im-Griff-Gesicht auf.

„Vielleicht kommt ihr euch dadurch ja wieder näher, wer weiß?" Aufmunternd zwinkerte sie mir zu.

„Das glaube ich kaum." Lustlos nippte ich an meinem Glas. Eigentlich hatte ich ordentlich über Nik herziehen wollen. Doch im Grunde hatte ich das bereits genug getan, und da er bei dem Theater für Nonna mitspielte, fiel mir nichts ein, was ich noch hätte sagen können. Also versuchte ich es mit ein wenig Ablenkung.

„Habt ihr mit dem DJ bereits die Musik für die Feier ausgesucht?"

Begeistert über den Themenwechsel, stürzte sich Tine in einen Bericht über die bevorstehende Hochzeit. Sie redete und redete. Meine Gedanken schweiften immer weiter ab, während ich meinen Blick durch das Lokal wandern ließ und mich fragte, ob Nik über uns nachdachte. Tine riss mich aus meinen Gedanken.

Mit ihren schmalen Zeigefingern trommelte sie energisch auf den Tisch, und zwar so fest, dass sich dabei einige blonde Strähnen aus ihrem lässigen Flechtzopf lösten.

„Hörst du mir überhaupt zu?"

Angestrengt schnappte ich nach Luft. „Bitte entschuldige, mir geht gerade so vieles durch den Kopf."

Wenn meine Freundin verärgert war, so ließ sie es sich nicht anmerken. Ich schielte auf die Uhr. Es war noch genug Zeit, bevor Tine mit Oliver verabredet war. „Was hältst du von einem großen Cappuccino und einem Schokoladeneclair? Ich bezahle."

Tine ließ sich nicht lange bitten. Wir schlenderten zu dem Café gegenüber. Ich nahm einen tiefen Atemzug. Mein Herz schlug für meine Heimatstadt Regensburg mit all den schmalen Gassen und wundervollen kleinen Geschäften.

Später, auf dem Weg zur Wohnung meiner Mutter, ging ich kurzentschlossen die Richtung über den Eisernen Steg. Als ich mich dem dunkelblauen Schloss näherte, das wir vor Jahren dort angebracht hatten, hielt ich inne. Behutsam strich ich mit meinen Fingern darüber. Für einen Moment war ich versucht, es herunterzureißen. Doch weder hatte ich das passende Werkzeug dabei, noch brachte ich es über mich.

Ich wollte Nik dafür hassen, dass er mit Anna geschlafen hatte. Aber mein Herz weigerte sich.

Ausgerechnet jetzt erinnerte ich mich an meine letzten Tage in Italien und die Beerdigung meines Nonnos. Ich konnte vor mir sehen, wie ich an der Hauswand meiner Großeltern lehnte und diesen Mann anlächelte, der mir in meiner Zeit als Teenager den Verstand geraubt hatte. Bis zu diesem Moment hatte ich nicht mehr an ihn gedacht.

Schnell schob ich den beunruhigenden Gedanken beiseite. Zwischen mir und Nik war es vorbei, und ich musste ihm gegenüber keine Rechenschaft ablegen. Ich wünschte, mein Gewissen würde das genauso sehen.

Nik

Kritisch beäugte ich den Eimer mit Farbe, den Oliver und ich zuvor im Baumarkt besorgt hatten. Ich tauchte den Pinsel hinein und war immer noch skeptisch. „Das soll Sommerflieder sein? Ich finde, es sieht irgendwie pink aus."

Oliver gähnte. Es war noch früh am Morgen. Doch wir mussten unbedingt heute fertig werden, bevor Sofia am Abend wieder ins Haus einziehen würde. Ihre Großmutter wollte morgen anrücken. Zum Glück hatten wir gestern schon die alte Tapete abgekratzt. Das war vielleicht eine bescheuerte Arbeit gewesen!

Ich wollte meine Frau damit überraschen, das Gästezimmer für Nonna hergerichtet zu haben, und unsere Freunde hatten gleich ihre Hilfe angeboten. Sofia und ich hatten besprochen, für ihre Großmutter nur das Gästebett von Tine und Oliver auszuleihen, weil uns für mehr einfach die Zeit und die Nerven fehlten. Doch dann hatte ich mir überlegt, dass ein paar Pluspunkte für mich nicht schaden konnten, und mich spontan zu der Renovierung entschlossen.

„Vielleicht sieht man die Farbe erst richtig, wenn wir sie an die Wand gepinselt haben?" Oliver kratzte sich am Kinn. „Ja, so wird es sein. Oder sollen wir Tine noch fragen?"

Ich schüttelte den Kopf. Denn ich war froh, dass die beste Freundin meiner Noch-Ehefrau draußen einer alten Kommode, die sie vor längerer Zeit von einem Flohmarkt angeschleppt hatte, einen neuen Anstrich verpasste. Wenigstens war sie mittlerweile nicht mehr ganz so sauer auf mich. Sie hoffte – wie sie es nicht leid wurde, mir gegenüber zu betonen -, dass Sofia und ich durch das ganze Theater für Nonna wieder zusammenkommen würden.

Ich teilte diese Hoffnung. Doch ich wusste auch, dass die Liebe kompliziert sein konnte und im Leben nicht immer alles so kam, wie man es sich erhoffte. Ich wünschte, ich hätte meinen bescheuerten Seitensprung ungeschehen machen können. Aber so oft ich den Wunsch auch dachte, so wenig veränderte er die Tatsache, dass ich Sofia schändlich betrogen hatte. Und auch ihr Verhalten, die ständigen Temperaturmessungen, unsere Streits rechtfertigen es nicht, dass ich mich hatte hinreißen lassen und alles, unsere gemeinsamen Jahre, unsere Liebe für nur ein paar Minuten Sex aufs Spiel gesetzt hatte.

Mühsam schob ich diese quälenden Gedanken beiseite und dachte an das geplante Schauspiel.

Wollte ich Sofia noch mal für mich gewinnen, war ein wesentlicher Punkt sicherlich, Nonna mit meiner Performance als Vorzeigeehemann zu überzeugen. Doch Sofia würde sie nicht ewig zum Narren halten können. Irgendwann würde ihre resolute Großmutter hinter unser Geheimnis kommen – und dann wollte ich lieber nicht in der Nähe sein.

Belustigt beobachtete ich meinen Freund, der sich der ersten Wand widmete. Dicke Farbkleckse tropften auf den Boden, den wir in weiser Voraussicht mit Zeitungspapier ausgelegt hatten. Zu zweit kamen wir schnell voran. Als wir fertig waren, riss ich das Fenster auf, um frische Luft hereinzulassen. Der Farbton wirkte noch schriller als zuvor.

Auch mein Freund schien beunruhigt. „Wird schon noch werden …", sagte er, während er lange auf die quietschrosa Wände starte. Aber er klang nicht besonders überzeugt.

Und ich war es auch nicht.

In der Küche kümmerte ich mich um eine Tasse Kaffee für uns, und bevor ich die Möglichkeit hatte, meinen Freund noch einmal um Rat zu fragen, wie ich mich in den nächsten Tagen am besten verhalten sollte, stieß Francesca mit ihrer Fußspitze die Haustür auf. Schweratmend stellte meine Schwiegermutter einen Karton und vier Kaffeebecher auf der Küchentheke ab.

„Hier. Ich habe euch eine Portion Koffein und Donuts mitgebracht." Sie hängte ihre Jacke über einen der Stühle.
Ich verdrehte die Augen und deutete auf den Automaten. „Wir haben eine Kaffeemaschine, schon vergessen?"

Francesca zuckte gleichgültig mit den Schultern.
„Gewohnheit." Sie hatte eine Schwäche für den Cappuccino einer großen bekannten Ladenkette.

Tine, die ihr gefolgt war, setzte sich zu uns an den Tisch. Auf ihrer Stirn klebten weiße Farbtropfen. „Ist schön geworden. Die Kommode meine ich. Ich bin mir sicher, Sofia wird sich riesig darüber freuen, dass du das Zimmer für Nonna einrichtest. Oh lecker, Donuts!" Mit Heißhunger stürzte sie sich auf das Gebäck.

Francesca entging mein skeptischer Blick nicht. „Was ist denn los?", wollte sie wissen. Sie war begeistert gewesen, als ich ihr von meiner Renovierungsidee erzählt hatte. Francesca hatte dafür sorgen wollen, dass Sofia nicht vorm späten Abend zurückkam. Zum Glück hatte ich meine Schwiegermutter auf meiner Seite.

Bevor ich ihr antworten konnte, stand Oliver schon neben mir. „Wir haben vielleicht ein kleines Problem." Er klopfte sich ein paar der Schokoladenbrösel von seinem senfgelben Pullover, der aussah, als hätte ihn seine Oma gestrickt. „Die Wandfarbe sieht irgendwie … komisch aus."

Schwiegermama verschluckte sich an ihrem Kaffee und runzelte die Stirn. „Wie komisch?"

Tine und Francesca folgten uns die Treppe hinauf.

„Ach herrje!" Meine Schwiegermutter kniff die Augen zusammen, als hätte sie Schmerzen.

Tine lachte laut. „Jungs, das ist aber gründlich misslungen", spottete sie.

Die Wände, die zartflieder hätten sein sollen, waren knallpink. Entgegen Olivers Überzeugung hatte sich die Farbe, die an einigen Stellen schon getrocknet war, nicht verändert.

„Habe ich euch nicht gesagt, ihr sollt *Sommerflieder* besorgen? Sofia hat mir mal erzählt, dass sie überlegt, das Zimmer in dem Ton zu streichen." Tine schlug die Hände über dem Kopf zusammen. „Euch beide kann man super zum Einkaufen schicken", frotzelte sie.

„Der Typ im Baumarkt hat uns ganz sicher *Sommerflieder* gemischt", gab Oliver genervt zurück.

„Ich sage es zwar nur ungern, Kumpel", verkündete ich, als mir das Ganze wieder einfiel, „aber ich glaube, uns ist ein kleiner Fehler unterlaufen. Weißt du noch, die Kleine …?" Oliver sah mich groß an.

Im Baumarkt war auch ein Ehepaar, das eine Farbe für das Zimmer ihrer kleinen Tochter ausgesucht hatte. „Nein. Ich will nicht. Grün ist doof. Grün ist was für Jungs. Es muss Pink sein. Ich will ein pinkes Zimmer!!!!!!!!", hatte die Kleine gebrüllt. Ich weiß nicht, wer gestresster von dem Tränenausbruch gewesen war. Der Mitarbeiter dort oder die Eltern. Jedenfalls bekam die kleine Prinzessin ihren Willen – und wir Helden hatten wohl die Eimer vertauscht. Was die Kleine wohl von sommerfliederfarbenen Wänden hielt?

„Verdammt, so ein Mist!", fluchte Oliver so laut, dass Tine ihm kräftig in die Seite stieß.

Leise vor sich hin prustend, presste meine Schwiegermutter ihre Hand vor den Mund, bevor sie gemeinsam mit Tine in schallendes Gelächter ausbrach.

Was würde Sofia sagen? Ich wusste, dass sie Pink mochte, doch im Haus, in unserem Gästezimmer? So schnell konnten wir das ja nicht mehr ändern. Mit einem Mal fühlte ich mich sehr unsicher, ob mein Renovierungsplan so eine gute Idee gewesen war.

„Was ist, wenn es nicht klappt? Wenn alles schiefgeht? Ich will Sofia zurück. Und was passiert, wenn Nonna doch herausfindet, dass wir ihr alle etwas vormachen?", fragte ich.

Im nächsten Moment ergriff Francesca mit ruhiger Stimme das Wort, während sie mir ermutigend auf den Rücken klopfte. „Das wird schon, Nik. Du schaffst das. Nur mach es Sofia nicht zu leicht. Sie darf ruhig erkennen, dass sie auch den einen oder anderen Fehler gemacht hat."

Nachdem wir uns in der Küche mit Kaffee und den süßen Donuts gestärkt hatten, trugen wir die Möbel nach oben, und Francesca holte Decken und Kissen aus ihrem Auto sowie eine Lampe, die sie zuvor beim Möbelschweden erstanden hatte. Als dann das Gästebett meiner Freunde im rosa Raum stand, hübsch bezogen von meiner Schwiegermutter, Kissen angeordnet waren und die Stehlampe neben der wirklich schön anzusehenden weißen Kommode stand, gab ich Oliver und Tine ein High-Five und drückte Francesca zufrieden an mich. Ich war gespannt auf Sofias Reaktion.

Tine sah auf die Uhr. „Sofia wird bald hier sein. Wir sollten gehen. Ich glaube, sie wäre nicht so begeistert, wenn sie wüsste, dass ich dir helfe. Schließlich stehe ich auf ihrer Seite." Sie grinste breit.

Meine Freunde und meine Schwiegermutter verabschiedeten sich, und ich wartete, nachdem ich geduscht hatte, auf Sofias Rückkehr. Sollte ich etwas für uns zum Abendessen kochen? Oder war es besser, wenn ich mich ein wenig zurückhielt? Als ich an Francescas Rat dachte, entschied ich mich für Letzteres. Schließlich hatte ich bereits das Zimmer für Nonna hergerichtet. Ich lümmelte mich auf die Couch und schaltete den Fernseher an. Doch ich konnte mich nicht konzentrieren. Mir ging so vieles durch den Kopf, und ich war nervös. Immer wieder stand ich auf und schaute aus dem Fenster. Wo sie wohl blieb? Eine Stunde später, es war schon halb elf, hörte ich endlich, wie jemand die Haustür aufsperrte.

„Ich bin da", rief Sofia vom Flur her, und es klang wie eine Warnung. Sie stellte ihren Koffer neben die Tür. „Hallo, Nik." Sie wirkte müde und angespannt. In ihrer Kleidung und ihrem Haar brachte sie Gerüche aus der Küche im Restaurant mit. Sofia lächelte nicht.

Ich krümmte mich innerlich und wusste zuerst nicht so recht, was ich sagen sollte. „Schön, dass du da bist." Verlegen stand ich auf und knetete meine Hände hinter dem Rücken. Gerade als Sofia Anstalten machte, ihren Koffer zu nehmen, kam ich ihr zuvor. „Lass mich das machen. Ich habe eine Überraschung für dich."

Sofias Augen wurden groß. Doch mehr als ein „Mhmm" hatte sie für mich nicht übrig, als sie die Treppen nach oben stakste. Gerade als sie ins Badezimmer gehen wollte, hielt ich sie zurück. „Ich möchte dir etwas zeigen."

Ich hatte ganz kalte Hände vor Nervosität, meine Stimme klang rau, und Sofias unterkühlter Blick trug nicht gerade zur Besserung bei.

„Also schön. Was ist es?" Sofia gab sich keine Mühe, die Gereiztheit in ihrer Stimme zu verbergen. „Nik, jetzt mach schon! Ich möchte ins Bad. Ich habe einen anstrengenden Tag hinter mir, und Nonna kommt morgen. Da will ich ausgeschlafen sein."

Ich griff nach ihrer Hand, und zu meiner Überraschung ließ sie es zu. Schließlich öffnete ich die Tür zu Nonnas Zimmer.

Sofia

„Oh mein Gott. Wie scheußlich ist das denn!", wollte ich sagen. Die Wände im Gästezimmer waren knallpink.

Mein ungläubiger Blick huschte hinüber zu Nik, aber als ich den hoffnungsvollen Ausdruck in seinen Augen sah, brachte ich es nicht über mich. Eigentlich hatte ich mir fest vorgenommen, ihn meine Wut und die Enttäuschung weiterhin spüren zu lassen. Doch in diesem Moment fiel es mir schwer, ihn zu hassen.

Sicher, die Farbe war absolut grässlich. Aber die weiße Kommode – wann hatte er das denn gemacht? -, das Gästebett, die schicke Lampe und die Kissen und Decken ließen es sehr wohnlich wirken. Nik hatte sich sichtlich Mühe mit dem Zimmer gegeben.

„Nonna wird es gefallen", sagte ich daher. Nik schien zufrieden mit meiner Antwort, und wenn er sich mehr erhofft hatte, so ließ er es sich zumindest nicht anmerken. „Ich denke, ich werde heute Nacht hier schlafen", fügte ich hinzu.

„Jetzt stell dich doch nicht so an, Sofia! Die nächsten Tage schlafen wir doch auch miteinander."

Miteinander!? Oh nein, Freundchen!

Nik räusperte sich verlegen, als ihm seine zweideutige Wortwahl bewusst wurde. „So habe ich das nicht gemeint. Aber sonst müssen wir morgen das Bett für Nonna noch einmal neu beziehen, und wenn das mit uns glaubhaft rüberkommen soll, dann macht es meiner Meinung nach Sinn, gleich damit anzufangen."

Wo er recht hatte … Müde löste ich meinen Pferdeschwanz und massierte mir den Nacken. Ich war komplett verspannt, was ich zum Großteil Nik und unseren Problemen zuschrieb. Zu erschöpft, um mit ihm zu diskutieren, gab ich mich geschlagen. Gerade wollte ich mich auf den Weg ins Badezimmer machen, als Nik wieder nach meiner Hand griff.

„Es tut mir so unendlich leid. Ich wünschte, ich könnte alles ungeschehen machen. Sofia, ich …" Er neigte den Kopf leicht zur Seite und kämpfte mit den Tränen. Nik schluckte schwer und ließ meine Hand los.

Plötzlich schien es mir Brust und Kehle zuzuschnüren. „Schon gut", sagte ich schnell, obwohl ich ihn am liebsten tröstend in den Arm genommen hätte. Verdammt! Ich musste weiter böse auf ihn bleiben, sonst würde ich womöglich nur wieder enttäuscht werden. „Ich gehe noch eine Runde in der Badewanne schwimmen."

„Aber bleib bei den Nichtschwimmern." Er lächelte vorsichtig, und ich war dankbar für seinen Versuch, die Stimmung zwischen uns ein wenig aufzulockern.

Im warmen Wasser entspannten sich meine Muskeln endlich. Es war ein langer und anstrengender Tag gewesen, obwohl die Spaghetteria auch heute erschreckend leer geblieben war. Den Gästen schmeckte mein Essen wohl nicht mehr, und David, unser Aushilfskoch, konnte mein Defizit nicht ausgleichen.

Außerdem war ständig meine Mutter hereingerauscht, weil sie gemeinsam mit mir die Spaghetteria wieder auf Vordermann bringen wollte. Sämtliche Schränke hatte sie ausgeräumt, und am Nachmittag alles stehen und liegen gelassen. Und ich durfte ihr Chaos beseitigen.

Doch wenn ich jetzt darüber nachdachte … Hatte Mama von Niks Idee gewusst und bewusst versucht, mich vom Haus fernzuhalten? Damit Nik das Zimmer herrichten konnte? Was ja sehr lieb war, wobei diese Farbe … Ich musste ihn doch mal fragen, warum er ausgerechnet diesen Farbton gewählt hatte.

Resigniert betrachtete ich meine kleinen Brüste, die kaum das Wasser berührten. Für einen Moment erinnerte ich mich an Niks Blick vorhin. Er hatte richtig aufgeregt gewirkt, und es hatte sich angefühlt, als würde er sich freuen, mich zu sehen. Auch bei mir kribbelte es leicht in der Magengegend. Ich wünschte mir, mein Herz würde endlich aufhören, ihn zu lieben. Das würde mein Leben so viel leichter machen. Denn genau das tat ich immer noch. Ich liebte ihn, doch fühlte ich gleichzeitig auch ganz stark den Schmerz über seinen Betrug.

Ich tauchte unter den Berg aus Vanilleschaum und ließ mein Haar wie Seetang um meinen Kopf herum treiben, in der Hoffnung, nicht mehr über Nik nachdenken zu müssen.

***

Am nächsten Tag war es für Herbst ungewöhnlich warm. Gemeinsam mit Nik, meiner Mutter und unseren beiden Freunden stand ich in der Einfahrt und wartete auf Nonnas Ankunft. Ungeduldig trat ich von einem Bein aufs andere und warf immer wieder einen Blick auf Tines Armbanduhr. Meine Großmutter hätte längst hier sein müssen.

Verstohlen musterte ich Nik von der Seite. Seine muskulösen Beine steckten in einer ausgewaschenen blauen Jeans, über der er einen hellgrauen Pullover trug. Beides stand ihm sehr gut. Eine hartnäckige Strähne seines schwarzen Haares fiel ihm immer wieder über die Augen. Für einen Moment war ich versucht, sie ihm aus der Stirn zu streichen.

Bei dem Gedanken, dass ich wie eine Furie seine Kleidung im Schlamm versenkt hatte, schämte ich mich zutiefst. Ich hatte mich wirklich mehr als kindisch benommen.

Gestern, nachdem meine Haut an den Fingern vollkommen verschrumpelt gewesen und ich aus der Badewanne gestiegen war, hatte Nik bereits tief und fest geschlafen.

Heute Morgen war er in aller Früh zu seiner täglichen Laufrunde aufgebrochen. Zu gerne hätte ich gewusst, was ihm gerade durch den Kopf ging.

Immer noch schielte ich zu ihm hinüber, aber er schaute starr geradeaus. Wäre ich gestern nicht so feige gewesen und ins Bad geflüchtet, wüsste ich jetzt vielleicht, wie es weitergehen sollte. Hatte Nik noch immer Gefühle für mich? Falls ja, warum hatte er dann mit Anna geschlafen? Doch ich durfte mich selbst nicht zu weit aus dem Fenster lehnen. Ganz unschuldig war ich auch nicht. Ich liebte Nik, und trotzdem hatte ich mich auf der Trauerfeier meines Großvaters völlig daneben benommen. Doch das würde ich vorerst für mich behalten.

Niks vertrauter Duft nach Zitrone und Minze stieg mir in die Nase. Mir war ganz flau im Magen. Unauffällig strich ich über meinen Bauch. Die ganze Aufregung schien ein wenig zu viel für meine sensible Verdauung zu sein.

„Schönes Kleid." Nik schenkte mir schließlich doch noch einen anerkennenden Blick. „Neu?"

Meine Wangen färbten sich rot. „Was? Das alte Teil?" Ich winkte ab. „Das habe ich doch schon ewig."

Nik zuckte mit den Schultern. „Komisch. Ich kann mich gar nicht erinnern, dich jemals darin gesehen zu haben. Rot steht dir. Solltest du öfter tragen." Sein Lächeln wärmte mich von innen.

Niemals würde ich zugeben, wie sehr ich mich über dieses Kompliment von ihm freute, und erst recht nicht, dass ich dieses Kleid extra für heute gekauft hatte.

Mit meinen Fingern strich ich über den weichen Stoff. Eine gefühlte Ewigkeit hatte ich über dem richtigen Outfit gebrütet und schließlich dieses Kleid in einer kleinen Boutique entdeckt. Es schmiegte sich perfekt an meine Körper und betonte die richtigen Stellen. Die langen Ärmel und der U-Boot-Ausschnitt ließen es ein wenig sportlicher wirken. Ich wollte einen anständigen Eindruck auf Nonna machen und Nik vor Augen führen, was er durch seinen bescheuerten Fehler verloren hatte.

Ich wollte sexy und selbstbewusst wirken, wie eine Frau, die vor Lebensfreude nur so strahlte. So, glaubte ich, würde ich Nonna am besten gefallen.

Immer wieder wanderten meine Augen zu Nik, und ich hoffte inbrünstig, dass es ihm nicht auffiel. Ich wollte mir selbst nicht eingestehen, dass ich ihn vermisste. Gestern Nacht war mir das bewusst geworden, als ich nach den vielen einsamen Nächten – vom Schnarchen meiner Mutter einmal abgesehen - wieder seinen Atem in meinem Nacken gespürt hatte. Wie so oft in den letzten Wochen blieb ich noch stundenlang wach, weil mir so vieles durch den Kopf gegangen war, das ich jetzt alleine mit mir ausmachen musste.

In unseren guten Zeiten hatte ich Nik immer mein Herz ausschütten können, selbst wenn es mitten in der Nacht gewesen war. Doch dann gab es in *Sofias Spaghetteria* immer mehr zu tun. Wir waren beide gestresst, und immer öfter kam es zum Streit zwischen uns, und wenn ich heute darüber nachdachte, fühlte es sich an, als hätten wir schon einige Zeit nur noch aneinander vorbeigelebt. Ich hatte das natürlich bemerkt, war aber zuversichtlich gewesen, dass wir unsere Ehe retten könnten, obwohl ich ihm etwas verschwieg und einen Hauch von schlechtem Gewissen mit mir herumtrug. Doch dann war Anna zwischen uns gekommen.

Allein bei diesem Gedanken wollte das Herz in meiner Brust vor Schmerz zerspringen. Doch ich schluckte meinen Kummer hinunter. Jetzt stand erst einmal ein anderer Mensch an erster

Stelle. Die Aussicht auf ein Wiedersehen mit Nonna verbesserte meine Laune schlagartig. Mit meiner Großmutter teilte ich viele wundervolle Erinnerungen, und ich liebte sie abgöttisch.

„Muss das sein, das wir hier alle das Empfangskomitee für deine Großmutter spielen? Wir gehören nicht mal zur Familie", maulte Oliver, woraufhin Tine ihm einen ordentlichen Seitenhieb mit ihrem Ellbogen verpasste.

„Aua."

Genervt verdrehte ich die Augen. Ich hatte die beiden auf Nonnas Wunsch hin gebeten, gemeinsam mit uns auf sie zu warten. „Natürlich tut ihr das. Nonna sieht das auch so. Warum glaubst du, besteht sie darauf, dass ihr ebenfalls hier seid?"

Tine konnte sich ein Kichern nicht verkneifen. „Genau. Schließlich unterliegen wir alle Nonnas Kommando." Meine Freundin schenkte mir ein breites Grinsen. Tine war schon ein paar Mal mit mir in Italien gewesen, wenn ich meine Großeltern besucht hatte. Oliver hatte letztes Jahr zum ersten Mal das Vergnügen gehabt und war dabei sofort Nonnas Kochkünsten erlegen, was meiner Großmutter natürlich gefallen hatte.

Diesmal war Nik derjenige, der ungeduldig auf die Uhr schielte. „Na, dann hoffen wir mal, dass die gute Nonna keinen Unfall hatte. Francesca, bitte sag mir, dass sie nicht wieder selbst fährt."

Ich wusste, er zweifelte stark an den Fahrkünsten meiner Oma, die in ihrer Heimat nur selten auf ihr Auto angewiesen war und wenig Fahrpraxis vorzuweisen hatte. Einmal war Nik in den

Genuss gekommen, neben meiner Nonna, die in einem früheren Leben Rennfahrerin gewesen zu sein schien, zu sitzen. Es dauerte lange, bis er sich von dem Schrecken erholt hatte, und ich konnte es ihm nicht verübeln, dass er auf eine Wiederholung verzichten wollte.

Sie lachte nur. „Du kennst doch meine Mutter, Nik."

Ich unterdrückte einen überraschten Aufschrei, und Tine stopfte unauffällig ihre Kippe in einen Blumenkübel, als wie aufs Stichwort ein alter, roter Fiat um die Ecke gesaust kam und mit quietschenden Reifen in der Einfahrt hielt. Ich sog scharf die Luft ein, als Nonna höchstpersönlich die Fahrertür öffnete und ausstieg. Sie stemmte die Hände in die Hüften, und ihr silberfarbener Dutt wippte hin und her, während sie uns der Reihe nach einer Musterung unterzog.

„Das war ja klar", murmelte ich. Meinem Gefühl nach wurde die alte Klapperkiste, die früher meinem Großvater gehört hatte, nur noch mit starkem Tesa und guter Hoffnung zusammengehalten. Es grenzte an ein Wunder, dass Nonna wohlbehalten hier in Deutschland angekommen war und kein Polizist unterwegs das Auto konfisziert hatte, weil es die allgemeine Verkehrssicherheit gefährdete.

„Cara mia, wie schön, dich zu sehen!" Meine Oma presste mich an ihren üppigen Busen, und ich war überrascht, dass ihre Deutschkenntnisse, obwohl sie schon lange nicht mehr hier gewesen war, überhaupt nicht eingerostet waren. In Italien wurde

Italienisch gesprochen, hier bei uns Deutsch. Diese Regel hatte Nonna selbst eingeführt.

Nonna war seit Nonnos Tod ein wenig schmaler geworden, und sie trug nach wie vor Schwarz. Ihre dunklen Augen mit den goldenen Sprenkeln wirkten etwas müde. Doch wie immer hatte sie roten Lippenstift aufgetragen, und wenn Mama mir nichts von dem Herzinfarkt erzählt hätte, wäre ich niemals auf die Idee gekommen, dass meine Großmutter sich nicht bester Gesundheit erfreute. Auf mich machte sie einen recht fitten Eindruck. Die italienische Sonne hatte ihr einen beneidenswerten Bronzeton auf die Haut gezaubert, und einzelne, graue Strähnen hatten sich aus ihrem Dutt gelöst. Früher hatte ich es geliebt, wenn sie die Nadeln aus ihrem Dutt herausgenommen hatte und ich ihr das lange Haar über den Rücken bürsten durfte. Es hatte sich so weich zwischen meinen Fingern angefühlt.

Nonna drückte jedem Einzelnen einen feuchten Schmatz auf die Wange. „Ich freue mich, dass ihr alle hier seid, um mich zu empfangen. Grazie mille. Niklas, du hast dich gar nicht verändert." Sie wuschelte ihm durchs Haar.

Ich versuchte, mir ein Grinsen zu verkneifen, als ich ein Räuspern hörte, das aus dem Auto kam. Ein Mann auf der Beifahrerseite kurbelte das Fenster herunter. „Kann mal jemand helfen. Ich kann nicht raus. Wegen der Kindersicherung."

Ach herrje! Das durfte doch nicht wahr sein.

Ich rang nach Luft, als ich erkannte, wen ich da befreite, denn Nonnas Begleiter war für mich kein Unbekannter. In diese blauen Augen hatte ich schon so oft geblickt, und es war noch gar nicht so lange her, dass sich meine Hände in den dunklen Locken vergraben hatten und mein Mund diese vollen Lippen streifte …

„Übrigens, ich habe jemanden mitgebracht." Unschuldig zwinkerte sie mir zu. „Das ist Marcello. Sofia kennt ihn ja bereits, nicht wahr?" Nonna hievte ihren schweren Koffer aus dem Auto und lehnte selbstverständlich Niks und Olivers Hilfe ab. „Ich bin doch kein hilfloses altes Weib!", beschwerte sie sich entrüstet, sodass die beiden Männer einen Schritt zurückmachten.

„Es ist doch in Ordnung, dass ich Marcello mitgebracht habe? Er ist so etwas wie mein persönlicher Krankenpfleger, nicht wahr, mein Lieber?" Nonna lachte herzlich.

Marcello hob entschuldigend die Arme. „Scusa. Es tut mir leid, dass ich euch so überfalle, aber ich konnte die gute Nonna doch nicht den weiten Weg alleine fahren lassen." Er küsste Tine und Mama charmant auf die Wange und reichte Oliver und Nik zur Begrüßung die Hand.

„Hättest du dich nicht gleich selbst ans Steuer setzen können? Wie habt ihr es bloß in dieser Klapperkiste bis hierher geschafft?", fuhr ich ihn an, weil ich mir einerseits um meine Nonna Gedanken machte und andererseits nicht wusste, wie ich unverfänglich mit diesem unerwarteten Besuch umgehen sollte. Denn im Gegensatz zu meiner Mutter und meiner besten Freundin war ich nicht ganz so entzückt über den Besuch dieser italienischen Sahneschnitte.

„Cara mia, meine Ohren funktionieren noch ausgezeichnet", schimpfte Nonna. „Außerdem bin ich eine ganz hervorragende Autofahrerin, stimmt's, Marcello?"

Er nickte vorsichtig. Doch sein gequälter Gesichtsausdruck sprach Bände. „Sie hat nur ein einziges Mal angehalten, damit ich pinkeln konnte. Und auch das nur, weil ich sie regelrecht angefleht habe. Woher nimmt sie bloß diese ganze Energie?" Marcello flüsterte gerade so laut, dass nur ich ihn hören konnte.

Mir entschlüpfte ein leises Kichern. Nur zu gut erinnerte ich mich selbst daran, wie es war, bei meiner Großmutter im Wagen zu sitzen. Nonna war der Überzeugung, in jeder Situation Vorfahrt zu haben. Die italienischen Autofahrer waren grundsätzlich sehr temperamentvoll im Straßenverkehr.

Insgeheim fragte ich mich, warum Nonna ausgerechnet Marcello mitgebracht hatte. Wusste meine Großmutter mehr, als sie vorgab? Ich lief rot an, als ich wieder an die Beerdigungsfeier meines Opas dachte.

„So! Jetzt muss ich mich erst einmal von der langen Fahrt erholen." Nonna stemmte die Hände in die Hüften, und alle anderen nickten verständnisvoll. „Selbstverständlich erwarte ich euch später alle zu einem gemeinsamen Abendessen. Heute kocht Nonna für euch alle!" Nach Beifall heischend blickte sie in die Runde.

Ich seufzte innerlich. In der Küche machte meine Oma durchaus einem Feldwebel Konkurrenz, und ich ahnte, was später noch auf mich zukommen würde.

„Woher kennst du diesen Typen?", zischte Nik mir zu.

Aber bevor ich antworten konnte, war Nonna schon zu hören. „Na, von Marcello hat Sofia ihren ersten Kuss bekommen, nicht wahr, Cara mia?" Diese Frau hatte Ohren wie ein Luchs. Sie deutete mit dem Kinn auf Marcello, der sich verlegen abwandte und versuchte, mit den anderen ein Gespräch zu beginnen. „Vielleicht hat sie auch ihre Unschuld an ihn verloren. Aber so genau weiß ich das leider nicht."

„Nonna!" In diesem Moment wünschte ich meine Großmutter samt ihrem lauten italienischen Mundwerk auf den Mond. Marcello räusperte sich laut.

„So ein Zufall aber auch, dass du ausgerechnet ihn mitgebracht hast." Das Missfallen in Niks Stimme war nicht zu überhören. „Nur leider waren wir nicht darauf vorbereitet und haben gar nicht genug Platz für zwei Gäste."

Meine Mutter eilte Marcello überraschend schnell zur Hilfe. „Du kannst gerne bei mir wohnen."

Waren ihre Wangen etwa gerötet?

Sie schenkte ihm ein aufmunterndes Lächeln. Um keinen Preis hätte ich in diesem Moment wissen wollen, was im Kopf meiner Mutter gerade vor sich ging. Ich fand ihr Verhalten mehr als peinlich. Schließlich war sie gut zehn Jahre älter als er.

Ich schüttelte mich.

„Wo soll er denn schlafen?", sprach Tine meine Gedanken aus. „In deinem Bett etwa, Francesca? Nein, du kannst natürlich bei uns übernachten." Marcello nickte. Dieses Angebot brachte ihr einen wütenden Blick von Oliver ein, der sie gleich daran erinnerte, dass sie das Gästebett doch an Nik und mich verliehen hatten.

Marcello warf meiner Mutter einen undefinierbaren Blick zu. Ich gab mich geschlagen. „Das wird schon irgendwie gehen. Du kannst auf der Couch schlafen, Marcello. Ich bin mir sicher, dass Nik es nicht so gemeint hat."

Nik zog die Augenbrauen nach oben. „Und ob ich es so gemeint habe."

Marcello fuhr sich verlegen durch seine dunklen Locken. „Es tut mir leid, dass ich euch solche Umstände bereite." Hilfesuchend schaute er Nonna an. Doch die war mit ihrem Koffer beschäftigt.

Nachdem wir die Sache halbwegs geklärt hatten, verabschiedeten sich Tine, Oliver und meine Mutter bis zum Abend, während ich Nonna durch das Haus führte und ihr das Gästezimmer zeigte. „Schön habt ihr es hier, Cara mia. Mein Zimmer gefällt mir. Dieses Pink verleiht dem Raum einen ganz eigenen Charme." Meine Großmutter nickte zufrieden, während mir mehr als unwohl bei dem Gedanken war, dass Nik und Marcello gemeinsam in der Küche saßen und ich nicht hören konnte, worüber sie sprachen.

Nik

Widerwillig schenkte ich dem Italiener eine Tasse Kaffee ein und unterzog ihn dabei einer genauen Musterung. Leider musste ich zugeben, dass er wirklich gut aussah und ich verstehen konnte, dass die Frauen begeistert von seinem Besuch waren. Vom ersten Moment an hatte ich aber beschlossen, ihn nicht zu mögen. Musste ausgerechnet der Typ auftauchen, von dem Sofia ihren ersten Kuss bekommen und an den sie vielleicht ihre Unschuld verloren hatte? Und das ausgerechnet jetzt, wo wir schon genug Probleme hatten!

Ich hätte das gerne mit Sofia geklärt, und daher fragte ich mich, wo sie und ihre Großmutter nur so lange blieben. Denn ich hatte keine Lust, die ganze Zeit mit diesem Typen verbringen zu müssen.

„Und du bist von Beruf also Krankenpfleger?", fragte ich, um die unangenehme Stille zu unterbrechen.

Marcello lachte heiser. „Ich denke, wir wissen beide, dass ich kein Krankenpfleger bin." In aller Ruhe schaufelte er sich drei riesige Löffel Zucker in seinen Kaffee, wobei er mich nicht aus den Augen ließ und unverschämt grinste. „Nonna meinte, Sofia würde sich freuen, mich zu sehen."

Ich wusste, dass er mich provozieren wollte, und ärgerte mich, dass es ihm so gut gelang. In Marcellos Gegenwart fühlte ich mich unwohl und wünschte mir, ich hätte zuvor meine Schlagfertigkeit trainieren können.

„Aber du hast Sofia doch seit einer Ewigkeit nicht gesehen", meinte ich daher sehr geistreich.

„Ich war auch auf Sebastianos Trauerfeier. Hat sie dir das nicht erzählt?" Er sah mich herausfordernd an.

Es war merkwürdig, aber ich empfand beim Anblick dieses italienischen Schönlings ein Gefühl der Eifersucht, das mir sonst vollkommen fremd war. Marcello war das wohl nicht entgangen, denn er grinste süffisant. Ich ballte meine Hand zur Faust.

„Na, ihr beiden? Wie ich sehe, habt ihr euch schon angefreundet." Sofia stand im Türrahmen. Eine braune Haarsträhne hing ihr ins Gesicht, und der leichte Schweißfilm auf ihrer Stirn verriet mir, wie aufgeregt sie war. Ob dieser Marcello der Grund dafür sein war?

„Bella, du kennst mich doch. Ich komme mit jedem gut zurecht." Der Italiener, der erstaunlich gutes Deutsch sprach, schenkte meiner Frau ein breites Lächeln. Ich musste mich zur Seite drehen, um ein gespieltes Würgen zu vermeiden, das ich am liebsten gezeigt hätte.

„Sofia, können wir kurz miteinander reden?" Die Arme vor der Brust verschränkt, funkelte ich sie wütend an.

Marcello blickte gleichzeitig amüsiert und neugierig zwischen uns hin und her.

„Ja, sicher." Sie lehnte sich lässig gegen die Wand und verschränkte die Hände vor der Brust.

War ihr denn nicht klar, dass ich nicht vorhatte, das Thema in Marcellos Gegenwart zu erörtern? „Nur wir beide", fügte ich hinzu.

Sofia verdrehte die Augen, folgte mir jedoch die Treppe hinauf. Sie machte die Schlafzimmertür hinter uns zu und setzte sich auf das Bett.

„Geht es etwa um Marcello?" Sofia klang genervt.

Ich seufzte. „Jetzt haben wir nicht nur deine Nonna am Hals, sondern auch noch deinen Ex-Liebhaber." Bei dem letzten Wort zuckte sie zusammen. Volltreffer!

Ich trat ans Fenster und schaute hinaus. Auch Sofia schien vorhin nicht gerade begeistert von Marcellos Auftauchen zu sein, und wieder hatte ich das Gefühl, dass sie mir etwas verschwieg. Etwas, das mit ihm zu tun hatte?

„Du wirst sehen. Das wird alles halb so schlimm", sagte sie, ohne den „Ex-Liebhaber" aus der Welt zu räumen. Sie streichelte mir kurz über den Rücken und schenkte mir dieses Lächeln, wie sie es immer tat, wenn sie etwas von mir wollte. Ich verzog mürrisch das Gesicht.

„Du spielst doch trotzdem mit, oder?", hakte Sofia vorsichtig nach. „Schließlich bist du mir das schuldig."

Ich stieß sie zur Seite, was ich im nächsten Augenblick bereute. Gerade hatte ich meine Gefühle nicht unter Kontrolle. „Warum hast du mir nicht gesagt, dass du Marcello auf der Beerdigung deines Großvaters getroffen hast?", fuhr ich sie an.

„Er hat dir davon erzählt? Was hat er gesagt?" Sofias Augen waren mit einem Mal riesengroß.

Ich zuckte mit den Schultern.

„Es schien mir nicht wichtig …", flüsterte sie, wobei ihre Stimme kratzig klang.

Jetzt war ich wirklich wütend. Mir ständig Vorwürfe machen und selbst sich mit dem Ex in Italien treffen!

„Hör doch auf, Sofia! Ich schulde dir nichts! Du weißt auch, dass ich am Scheitern unserer Ehe nicht alleine schuld bin. Und du hast dich wie eine Furie aufgeführt. Wegen dir musste ich mir eine komplett neue Garderobe zulegen. Und dann die Sache mit der Uhr. Du weißt genau, was sie mir bedeutet hat!" Aufgebracht lief ich im Zimmer auf und ab. Irgendwie drehten wir uns im Kreis und machten uns jedes Mal aufs Neue dieselben Vorwürfe. Wie ich das hasste!

Wütend zerknüllte sie das Bettzeug und warf es achtlos zur Seite. „Du beschwerst dich über deine Uhr? Deine Uhr, wirklich? Was glaubst du, wie ich mich gefühlt habe, als ich dich mit Anna in unserem Abstellraum erwischt habe?"

Als ich Tränen in ihren Augen aufsteigen sah, blickte ich betreten ich zu Boden. „Ich wäre mit Sicherheit noch zur Vernunft gekommen", antwortete ich kleinlaut.

„Zur Vernunft gekommen?" Ihre Stimme war so laut geworden, dass ich hoffte, unser Besuch würde davon nichts mitbekommen. „Nik, du hattest Annas Brüste im Gesicht, während sie nackt auf dir saß!"

Sie hatte ja recht. Ich schauderte bei der Erinnerung daran und wünschte mir wie so oft, die Zeit zurückdrehen zu können. Gerade wollte ich mich verteidigen, doch Sofia hob drohend die Hand. „Nein! Bitte nicht! Du machst es nur noch schlimmer."

Wieder glaubte ich zu spüren, wie der Graben zwischen uns ein Stück breiter geworden war. Niedergeschlagen beobachtete ich, wie Sofia sich eine Träne aus den Augenwinkeln wischte.

„Sofia, bitte. Lass es mich doch nur einmal erklären …"

Sie schüttelte vehement den Kopf. „Nein! Nein! Ich will nichts mehr von dir und Anna hören."

„Hattest du was mit Marcello? Bist du deshalb so komisch, seit du wieder aus Italien zurück bist?", musste ich jetzt fragen.

In diesem Moment flog mit Schwung die Schlafzimmertür auf.

„Störe ich?", flötete Nonna. Sie schien die Frage nur höflichkeitshalber zu stellen und musterte Sofia und mich interessiert, wobei ihr Blick auf das zerwühlte Bett fiel. „Oha. Ich hätte wohl vorher anklopfen sollen." Nonnas Lachen erfüllte den ganzen Raum. „Ich brauche dich in der Küche, Cara mia."

Sofia

Nik drängte sich an der üppigen Gestalt meiner Großmutter vorbei. „Schon in Ordnung. Wir sind hier sowieso fertig."

Nonna blickte ihm verdutzt hinterher. „Mannaggia! Was ist denn mit Niklas los? Habe ich etwas Falsches gesagt?"

„Ich glaube, es liegt eher an Marcello", gab ich etwas kleinlaut zu.

„Ein bisschen Eifersucht hat noch keinem Mann geschadet, Cara mia. Ich bin froh, dass er mich begleitet hat und ich nicht die ganze Zeit alleine im Auto sitzen musste."

Darüber war ich natürlich auch froh, aber hatte ausgerechnet Marcello der Beifahrer sein müssen?

Zugegeben, Niks Eifersucht war leider nicht ganz unberechtigt, und ich war froh, dass wir unterbrochen worden waren. Was hätte ich ihm denn antworten sollen? Hoffentlich hielt Marcello sich zurück und verriet keinem etwas über meinen Ausrutscher.

Ich erinnerte mich, dass er ein kleiner Angeber war, wenn auch zugegebenermaßen ein sehr attraktiver, der gerne mit seinen Eroberungen prahlte. Zumindest war das früher so gewesen. Ich würde ein ernstes Wort mit ihm reden müssen. Marcello hatte die Sache in Italien bestimmt nicht vergessen. Warum nur hatte Nonna ausgerechnet ihn mitbringen müssen?

Ich trottete ihr in die Küche hinterher. Mir war klar, dass ich mit Nik sprechen, ihn einmal erklären lassen musste. Doch noch war ich dazu nicht bereit. Ich fürchtete mich vor den Konsequenzen. Meine Mundwinkel zuckten bei dem Gedanken, was mir nun bevorstand. Nonna würde mich in der Küche herumkommandieren und mir ständig Befehle erteilen, und trotz allem würde ich jede Menge Spaß mit meiner italienischen Großmutter haben. Gleichzeitig überfielen mich erste Bedenken. Würde Oma bemerken, dass mit meiner Kochkunst etwas nicht stimmte?

Nonna hatte mir ihre Liebe und ihr Talent für die italienische Küche vererbt, und immer, wenn ich bei meinen Großeltern zu Besuch gewesen war, hatte es sich angefühlt, als hätte ich im Kochen meine Berufung gefunden.

„Mamma mia! Cara mia, was stehst du da so faul herum, hä? Mach dich gefälligst nützlich. Wir haben nicht ewig Zeit." Sie donnerte einen Korb mit Einkäufen auf den Tisch. Anscheinend hatte sie Mama damit beauftragt, bei Oliver die Zutaten zu besorgen.

„Du kannst dich um die Soße kümmern. Ich brauche dir ja wohl nicht zu erklären, wie das geht?" Nonna knuffte mich liebevoll in die Seite. Trotz ihrer manchmal etwas schroffen Art verband mich mit Oma eine Vertrautheit, und ich fühlte mich in ihrer Gegenwart immer geborgen. Meistens verstanden wir einander ohne große Worte.

„Ich bin froh, dass es dir wieder besser geht, Nonna, und freue mich sehr, dass du hier bist", sagte ich ehrlich und gab ihr einen Kuss auf die Wange. Sie lächelte, griff nach der Mehltüte und dem Olivenöl, ohne darauf einzugehen.

Interessiert beobachtete ich, wie sie den Teig für die Nudeln knetete. Seit meiner Kindheit hatte Nonna ihre Technik nicht verändert. Sie arbeitete immer mit der Hand und verzichtete auf eine Küchenmaschine, obwohl diese ihr die Arbeit bestimmt erleichtern würde. Nur zum Ausrollen des Teiges verwendete sie ein Nudelholz.

„Was gibt es denn?"

Nonna schnalzte missbilligend mit der Zunge. „Veramente non ho parole! Ich bin wirklich sprachlos! Das musst du doch wissen, wenn du einen Blick auf die Zutaten wirfst."

Sie hatte damit natürlich recht. Ich räumte die restlichen Sachen aus dem Korb und ordnete alles der Reihe nach an. Rosmarin, Tomaten, Zwiebel, Knoblauch und natürlich das Olivenöl, das sie aus ihrer Heimat mitgebracht hatte. Nur zu gut wusste ich, dass Nonna beim Kochen kein Durcheinander duldete.

Ich schmunzelte und fühlte mich beim Anblick dieser Köstlichkeiten sofort in meine Kindheit zurückversetzt.

Es waren Sommerferien gewesen, und ich war seit vierzehn Tagen in Italien. Damals war ich zehn Jahre alt.

„Hände weg, cara mia! Du verbrennst dir noch die Finger." Nonna stieß mich zur Seite, tunkte den Löffel in die Soße und pustete, bevor sie mich davon probieren ließ. „Hier. Du kannst es wohl nicht erwarten, was?"

Gierig schlürfte ich die Soße vom Löffel.

„Na ja, dein Großvater wird sich bestimmt freuen, wenn es zur Abwechslung mal wieder Orecchiette Pomodori gibt … wie schon vorgestern und letzte Woche." Sie lachte laut.

Ich liebte diese Nudeln mit Tomatensoße und wollte sie in Italien, so oft es ging essen. Mittlerweile war ich im Formen dieser Nudeln ein richtiger Profi geworden.

Wie so oft wünschte ich mir, ganz hier leben zu können. Seitdem mein Vater uns verlassen hatte, musste meine Mutter allein für unseren Lebensunterhalt sorgen. Aber sie wollte nicht wieder zurück in ihre alte Heimat. Denn sie hatte sich ihr Leben in Deutschland eingerichtet, Freundschaften geschlossen und eine gut bezahlte Arbeit gefunden. In den Ferien, wenn ich in Apulien war, konnte Mama mehr arbeiten. Für mich machte das Zusammensein mit meinen Großeltern den Verlust meines Vaters erträglicher.

Ich verbrachte meine Tage gerne hier in dem kleinen Dorf in der Nähe Cisterninos und spielte mit den Kindern aus der Nachbarschaft. Irgendjemand versorgte uns immer mit Eis. Für eine verwundete Kinderseele wie die meine, die mit einem großen Verlust zu kämpfen hatte, fühlte es sich richtig an.

Die Sommer dort zählte ich zu den glücklichsten meines Lebens. Ich lachte jedes Mal, wenn Nonna mit meinem Großvater schimpfte, weil er sich wieder mit einem seiner

Freunde verquatscht hatte und zu spät zum Essen kam. Ich liebte es, wenn die halbe Nachbarschaft um den Tisch im Haus meiner Großeltern versammelt saß. Draußen war es oft heiß, und in der Nähe gab es keine Möglichkeit zum Schwimmen. Manchmal hatten wir Ausflüge ans Meer gemacht, bei dem Nonna alle anderen Verkehrsteilnehmer das Fürchten gelehrt hatte.

„Bäh! Was ist denn das?" Der entsetzte Schrei meiner Großmutter riss mich aus meiner Erinnerung. „Maledetta! Willst du mich vergiften?" Nonna spülte schnell mit Wasser nach, nachdem sie von meiner Soße gekostet hatte.

„Was stimmt denn damit nicht?", fragte ich und befürchtete das Schlimmste.

„Hast du das Kochen verlernt, Cara mia? Das schmeckt absolut scheußlich!" Schnell kippte sie die blubbernde rote Masse in die Toilette und stemmte dann die Hände in die Hüften. „Also wenn du in deinem Restaurant auch so kochst, dann gute Nacht!"

Tränen brannten in meinen Augen. Gekränkt senkte ich den Kopf.

„Na, na, wer wird denn da gleich weinen? So habe ich das doch gar nicht gemeint." Nonna drückte mich fest an sich und tätschelte meinen Kopf. „Das kriegen wir schon wieder hin." Sie sah auf die Uhr. In einer knappen Stunde erwarteten wir unserer Gäste. „Hast du noch Tomaten da?"

Ich deutete mit dem Kinn zum Fensterbrett. Oma musterte das Glas mit den getrockneten Tomaten, verzog das Gesicht, weil es keine frischen waren, und hackte ein paar Kräuter klein. Als ich Anstalten machte, den Ofen einzuschalten, funkte sie sofort dazwischen.

„Lass mich das lieber machen, Sofia." Besorgt musterte sie mich und befühlte meine Stirn. „Was ist denn bloß los mit dir? Bist du krank? So kenne ich dich gar nicht."

Ich schüttelte den Kopf. Mit Liebe kocht man am besten, hieß es doch immer. Was sollte ich Nonna antworten? Dass ich meine große Liebe verloren hatte?

„Ich habe gerade einfach viel zu tun. Wahrscheinlich liegt es an dem ganzen Stress, das Haus, die Spaghetteria …", murmelte ich daher nur.

Nonna nickte verständnisvoll und schien fürs Erste überzeugt. „Es wird alles wieder gut. Jetzt bin ich ja hier. Ich werde dir ein bisschen unter die Arme greifen."

Daran hegte ich keinen Zweifel und hoffte nur, dass sich die Hilfe meiner Nonna in Grenzen halten würde.

Nik

„Da seid ihr ja!" Begeistert klatschte Nonna in die Hände und dirigierte ihre Gäste in Richtung Küche. Zuvor war ich mit Sofia dazu verdonnert worden, den Tisch zu decken. Sogar ein paar ordentliche Servietten aus Stoff hatten wir auftreiben können, an denen sogar die sonst so kritische Großmutter nichts auszusetzen hatte.

Amüsiert beobachtete ich Tine, die den köstlichen Duft nach frischen Kräutern und Tomatensoße einsog, während Oliver schon einmal einen Blick in den Kochtopf am Herd riskierte.

„Nix da, Finger weg!" Nonna scheuchte Oliver an den Tisch.

Während Sofia mit ihr zusammen gekocht hatte, war ich ein wenig durch die Stadt gelaufen. Marcello hatte mich ernsthaft gefragt, ob er mich begleiten dürfe. Doch das war für mich überhaupt nicht in Frage gekommen. Womöglich wollte er bei Sofia punkten, in dem er sich bei mir einschleimte. Was er wohl in der Zeit getrieben hatte?

Der schnöselige Italiener setzte sich wie selbstverständlich zwischen Sofia und meine Schwiegermutter, was ihm einen verächtlichen Blick meinerseits einbrachte. Doch das schien ihn überhaupt nicht zu stören. Mich hatte Nonna, die sich auf dem Stuhl neben mir niederließ, direkt ihm gegenüber platziert. Der runde Tisch, den Sofia damals ausgesucht hatte, war perfekt für so viele Gäste. Für meinen Geschmack allerdings saß Marcello zu dicht neben ihr.

„Francesca, was hast du dich denn so aufgebrezelt? Wir sind doch hier nicht auf einer Modenschau." Nonna, die selbst noch immer ihre Kochschürze über ihrem schwarzen Kleid trug, sah ihre Tochter fragend an. Sofort richteten sich alle Blicke auf Francesca.

Zugegeben, auch ich war erstaunt über ihr gewagtes Outfit. Meine Schwiegermama, die sonst meist schlichte Stoffhosen und dazu eine weite Bluse trug, hatte sich heute tatsächlich für das kleine Schwarze mit einem tiefen Ausschnitt entschieden. Sie konnte es mit ihrer schlanken Figur durchaus tragen, nur für mich war der Anblick doch recht ungewohnt.

„Wenn du dich bückst, dann kann ich deine Glocken schwingen sehen", meinte Nonna trocken, und ich verschluckte mich an meinem Wasser. Oliver und Tine lachten, während Sofia entrüstet „Nonna!" rief.

Zu meiner Überraschung blieb Francesca davon unbeeindruckt. Stolz streckte sie ihren Rücken und setzte sich noch ein wenig aufrechter hin. „Was denn? Darf eine Frau nicht hin und wieder zeigen, was sie hat?" Ihr Blick wanderte Richtung Marcello, der sie amüsiert anlächelte.

Ich seufzte innerlich. Hatte der Italiener nun allen Frauen den Kopf verdreht?

Ich musterte ihn und hoffte, dass niemand es bemerkte. Wenn ich es genauer bedachte, schien auf den zweiten Blick keiner seiner Züge sonderlich markant oder anziehend. Doch seine blauen Augen funktionierten in Kombination mit seinem fast schwarzen Haar und ließen ihn verwegen und geheimnisvoll wirken. Marcello strahlte die selbstverständliche Erwartung eines Mannes aus, der stets bekam, was er wollte.

Aus meiner eigenen Erfahrung wusste ich, dass sich die Frauen nach Männern wie ihm die Hälse verrenkten. Ich verfluchte mich dafür, dass ich so viel über diesen Kerl nachdachte. Meine Gedanken wanderten für einen Moment zu Anna, die ich niemals hatte küssen wollen. Und doch hatte mich dieser Kuss, der so bittersüß geschmeckt hatte, schmerzlich daran erinnert, was mir in meinem eigenen Leben fehlte.

„Dein Essen schmeckt noch viel besser, als ich es in Erinnerung habe." Ich ignorierte die Tatsache, dass Sofia und sie gemeinsam gekocht hatten.

Meine Noch-Ehefrau verdrehte genervt die Augen. Doch Nonna schien sich über das Kompliment zu freuen, schmeckte ihre hausgemachte Pasta auch wirklich ausgezeichnet.

„Was ist eigentlich mit der Wand passiert? Was sind das für seltsame Flecken dort drüben?"

Ich räusperte mich verlegen und dachte an diesen schrecklichen Abend nach der Sache mit Anna, als ich das Rotweinglas gegen die Wand geschleudert hatte. Den Fleck hatte ich vollkommen vergessen. Tine und Oliver warfen sich einen Blick zu, und Francesca schob sich schnell eine Gabel Nudeln in den Mund. Marcello musterte uns interessiert.

„Wasserschaden", kam mir Sofia überraschend schnell zur Hilfe, wofür ich ihr wirklich dankbar war. Mir fiel beim besten Willen nicht ein, welche Lüge wir Nonna in dieser Hinsicht sonst hätten auftischen können.

Nonna rümpfte die Nase. Sofias Großmutter schien nicht zufrieden mit der Antwort, zumal sie Augen wie der beste Detektiv hatte. „Ich weiß ja nicht … aber für mich schauen diese Flecken eher nach Rotwein aus. Cara mia, ist nach einem Streit mal wieder dein Temperament mit dir durchgegangen?"

Diesmal bedachte Sofia mich mit einem wütenden Blick. Schließlich gingen diese Flecken auf meine Kappe. Aber es gefiel mir, ausnahmsweise einmal nicht den Schwarzen Peter zugeschoben zu bekommen.

Nonna wartete ihre Antwort gar nicht erst ab und nickte stattdessen nachsichtig. „Das sieht dir ähnlich. Da hast du was von deiner Großmutter."

Tine prustete in ihre Serviette, und auch Oliver schien sich köstlich auf Sofias Kosten zu amüsieren.

„Wie läuft es eigentlich in der Spaghetteria? Francesca hat erzählt, dass du dir die letzten beiden Wochen frei genommen hast. Geht das denn so einfach? Ich dachte, ihr hättet so viel zu tun?" Sie schaute mich fragend an. Für einen kurzen Augenblick wurde mir heiß, und ich sah hinüber zu Sofia.

„Aber, Nonna. Es ist einfach nicht gut für die Liebe, wenn Frau und Mann zusammenleben und ständig miteinander arbeiten. Da geht irgendwann der Blick füreinander verloren, und das Feuer erlischt. Da braucht jeder einmal ein bisschen Zeit für sich. Außerdem gibt es im Haus noch so einiges zu tun." Oliver hatte sichtlich Mühe, ein lautes Lachen zu unterdrücken, als er so langsam und laut mit Nonna sprach, als wäre sie senil und schwerhörig. Doch seine Taktik schien zu funktionieren.

Nonna nickte verständnisvoll. „Ich werde mir euer Restaurant bei Gelegenheit mal ansehen und euch unter die Arme greifen."

„Klingt gut", entgegnete Sofia und verzog dabei kaum merklich das Gesicht. Wie ich sie kannte, wusste sie nicht, ob sie das als nettes Angebot oder Drohung betrachten sollte.

„Sofia, kann ich dich kurz sprechen?" Marcello berührte ihr Handgelenk, und ich wurde hellhörig. Francesca schüttelte kaum merklich den Kopf.

Sofia nickte, erhob sich und trug mit ihm ein paar der leeren Teller hinüber zur Anrichte, bevor sie ihm hinaus auf die Terrasse folgte, wo Marcello sich eine Zigarette anzündete. Ich ging hinüber zur Spüle und tat, als würde ich einen Teller abwaschen. Dabei bemühte ich mich, zu verstehen, was die beiden miteinander zu reden hatten. Die Tür nach draußen war nur angelehnt.

Leider verstand ich kein Wort. Ich war der italienischen Sprache nicht mächtig. Bis auf ein paar Fetzen wie „Bella" drang also nichts bis zu mir durch. Marcello lachte heiser und strich ihr über den Rücken. Sein Blick war ernst.

Ausgerechnet da drängte sich Nonna an mir vorbei. „Also, Niklas, wenn du schon rüber zur Küche gehst, hättest du wenigstens das restliche Geschirr mitnehmen können", schimpfte sie.

Sofia sah mich erschrocken durch die Fenstertür an. Sie fühlte sich wohl ertappt.

„Hier." Die resolute Großmutter drückte mir eine Schüssel mit Pannacotta in die Hand und rief nach draußen: „Cara mia, che succede? Was ist los? Braucht ihr etwa eine extra Einladung?" Nonnas strenger Blick war nicht zu deuten.

„Sofia, mach mir keinen Blödsinn", sagte sie leise zu ihrer Enkeltochter, als wir wieder am Tisch saßen. Ich hatte es gehört und fragte mich, was sie damit meinte.

Trotz Marcellos unerwünschtem Besuch wurde es dennoch ein unterhaltsamer Abend, und Tines Schilderungen über all die Fettnäpfchen, in die Oliver bisher während der Hochzeitsvorbereitungen getreten war, sorgte für einige Lacher.

Bald darauf verabschiedeten sich unsere Freunde, und glücklicherweise bot Marcello an, Francesca nach Hause zu fahren. Nonna sagte, sie sei müde, und ließ mich mit Sofia allein in der Küche zurück. Nachdem wir wortlos miteinander aufgeräumt hatten, folgte ich ihr nach oben ins Schlafzimmer. Ich wusste nicht, was das größere Übel war: mit all meinen widersprüchlichen Gefühlen neben Sofia in einem Bett zu liegen oder später erneut auf Marcello zu treffen, was sich nicht vermeiden lassen würden, sollte ich zurück in die Küche gehen.

„Danke, dass du den Rotweinfleck auf deine Kappe genommen hast", sagte ich betont lässig. „Aber dieser Marcello … Ich weiß auch nicht … Irgendwie kann ich diesen Typen nicht ausstehen. Mit dem stimmt doch was nicht." Ich wartete nicht einmal, bis ich die Schlafzimmertür hinter mir zugezogen hatte.

„Marcello ist kein übler Kerl", rief Sofia aus dem Bad, in das sie gleich verschwunden war. Wieder im Schlafzimmer, schlug sie die Bettdecke zurück und cremte sich die Hände ein.

„Mir ist schon klar, dass du ihn gut findest. Das ist ja auch kein Wunder, so wie der mit dir flirtet."

„Marcello flirtet nicht mit mir", protestierte sie, während ihre Wangen sich rot färbten. „Wir kennen uns einfach schon sehr lange. Und außerdem – was geht es dich noch an? Du hast doch Anna!"

„Das zwischen Anna und mir war eine einmalige Sache. Ich würde gern mit dir darüber reden. Doch du gibst mir überhaupt keine Gelegenheit dazu …" Es herrschte kurzes Schweigen zwischen uns, als Sofia mir einen undefinierbaren Blick zuwarf. „Und jetzt will ich wissen, was zwischen dir und diesem Marcello ist." Ich versuchte, nicht zu schreien, hatte meine Stimme aber etwas erhoben.

„Nichts", murmelte sie und hörte mit dem Eincremen auf. Doch Sofia konnte noch nie gut lügen. Nach einem kurzen Moment – ich konnte sehen, wie sie mit sich kämpfte –, sagte sie

etwas lauter: „Also schön! Wenn du es unbedingt wissen willst …
Auf Opas Trauerfeier hat er mich geküsst."

Ungläubig starrte ich sie an. „Und du? Hast du den Kuss
erwidert?"

Sie blickte betreten zu Boden. „Vielleicht habe ich ihn auch
zuerst geküsst. So genau weiß ich das jetzt nicht mehr. Das spielt
doch auch keine Rolle."

„Und ob das eine Rolle spielt! Deshalb hast du also so wenig
von der Italienreise erzählt. Hast du mit ihm geschlafen?" Bei der
Vorstellung wurde mir eiskalt und speiübel. Allein das Bild von
ihr und diesem Schnösel … Doch ich hatte mich noch unter
Kontrolle. Nun waren die Karten auf dem Tisch. Die Ereignisse
hatten eine unerwartete Wendung genommen, und mir wurde
klar, dass wir mehr Probleme hatten als gedacht.

Sofia schüttelte den Kopf und schloss die Augen. „Nein,
habe ich nicht. Und der Kuss tut mir leid, Nik", sagte sie mit
brüchiger Stimme.

Ich wusste nicht, ob ich ihr glauben konnte. Da machte sie
mir Vorwürfe wegen Anna und ging selbst fremd!

„Weißt du, was? Mir reicht es. Ich habe überhaupt keine
Lust auf den ganzen Zirkus hier. Wenn du nicht bereit bist, es
noch einmal mit mir zu versuchen und du dich bei der
nächstbesten Gelegenheit einem neuen Typen an den Hals wirfst,
was soll das dann alles?"

Sofia seufzte, und dann kam auch schon ihre beleidigte
Kleinmädchenstimme zum Einsatz: „Du weißt, wie viel Nonna

mir bedeutet. Ich will nicht, dass es ihr meinetwegen schlecht geht."

Ich hatte genug. Wütend packte ich mein Kopfkissen. Unmöglich konnte ich jetzt noch neben ihr schlafen.

Sofia sah mich verdattert an. „Wohin gehst du?"

„Ich werde ganz sicher nicht mit dir in einem Bett schlafen."

„Aber wo willst du denn hin? Im Gästezimmer schläft Nonna, und unten auf dem Sofa liegt später Marcello."

Für einen kurzen Moment hatte ich verdrängt, dass dieser lästige Italiener unsere Couch in Beschlag genommen hatte.

„Außerdem wäre es doch merkwürdig, wenn wir in getrennten Zimmern schlafen. Was soll Nonna da denken?" Sie biss sich auf die Unterlippe, so, wie sie es immer tat, wenn sie angestrengt nachdachte. „Aber … bei den Sachen, die wir gestern in den Keller geräumt haben, war eine alte Luftmatratze dabei, wenn ich mich richtig erinnere. Die könnten wir holen." Und schon war sie nach unten gelaufen. Jetzt war sie völlig verrückt geworden!

Wenige Minuten später hielt Sofia das Teil triumphierend in die Höhe. Einen Schlafsack hatte sie ebenfalls aufgetrieben.

„Großartig. Dann kannst du es dir ja jetzt so richtig gemütlich machen." Provokativ schüttelte ich mein Kissen auf, obwohl ich am liebsten das Haus verlassen hätte.

Entsetzt sah Sofia mich an. „Wieso ich?"

„Wenn du willst, dass ich trotz dieses italienischen Gigolos bei dem Theater für Nonna mitmache, dann schuldest du zur

Abwechslung mir einen Gefallen." Ich schlüpfte unter die Bettdecke, stieß einen wohligen Seufzer aus und beobachtete vergnügt, wie sie sich fluchend mit der Luftmatratze abmühte und mir Blicke zuwarf, die hätten töten können.

Dass wir noch eine Luftpumpe im Schuppen hatten, verschwieg ich ihr lieber. Morgen würden wir die Sachen schnell unters Bett packen müssen, damit niemand etwas bemerkte. Ich lächelte zufrieden. Einfach würde ich es ihr in den nächsten Tagen bestimmt nicht machen. Außerdem musste ich herausfinden, ob Sofia immer noch scharf auf diesen Kerl war.

Sofia

Müde nippte ich an meinem Espresso und rieb mir den Nacken. Fast die ganze Nacht hatte ich kein Auge zugetan, was nicht nur an der ungemütlichen Luftmatratze und Niks lautem Geschnarche gelegen hatte. So vieles war mir durch den Kopf gegangen. Mein Magen schien mit dem schwarzen Getränk nicht einverstanden und rebellierte. Vielleicht hätte ich zuvor etwas essen sollen.

Ich erschrak, als mir jemand energisch auf die Schulter tippte. „Buongiorno, Sofia.“

„Nonna, was machst du denn schon hier?“ Angestrengt bemühte ich mich um ein Lächeln.

Meine Großmutter hatte ja angekündigt, dass sie bei Gelegenheit hier vorbeischauen würde, doch ehrlich gesagt hatte ich nicht damit gerechnet, dass es gleich am Tag nach ihrer Ankunft am frühen Morgen sein würde. Erleichtert stellte ich fest, dass es im Restaurant ganz ordentlich aussah.

Doch Nonna verzog nur das Gesicht und wirkte nicht zufrieden. Sie packte mich am Ärmel.

„Deine Mutter hat mir erzählt, dass das Geschäft in letzter Zeit nicht gut läuft. Ich habe vorhin mit Nik einen Blick in die Buchhaltung geworfen. Die Zahlen der vergangenen Wochen sehen aber wirklich nicht gut aus, Sofia.“

„Wo bleibt Nik überhaupt?“

„Er kommt heute später. Anscheinend hat er noch zu tun."

Nonna runzelte besorgt die Stirn und sah mich liebevoll an. „Also, Cara mia, wenn du so kochst wie gestern Abend, dann ist es kein Wunder, wenn die Gäste ausbleiben. Was ist denn los mit dir?"

Wieder einmal überkam mich das niederschmetternde Gefühl, auf jeder Ebene versagt zu haben. Ich drehte mich zur Seite und griff nach einer Serviette, um zu verhindern, dass die ersten Tränen mein Make-up ruinierten.

„Mamma mia! Nicht schon wieder der Wasserfall. Gemeinsam kriegen wir das schon hin, Cara mia."

Betreten starrte ich auf den Boden. „Ach, Nonna. Es ist wie verhext. Ich kann einfach nicht mehr kochen. Nichts gelingt mir. Außerdem laufen mir meine Angestellten davon."

Ich erwähnte lieber nicht, dass es womöglich an meinen Wutausbrüchen lag, die in letzter Zeit sehr häufig vorgekommen waren.

Nun stand ich, abgesehen von Tine, die mir auch nicht jeden Tag helfen konnte, alleine da. Ich hatte weder einen Koch noch Servicekräfte im Lokal, alles lastete allein auf meinen Schultern.

Als würde sie hier jeden Tag ein- und ausgehen und, ohne ein Wort zu sagen, setzte Nonna einen Topf auf den Herd und kochte erst einmal etwas von der biasinischen Zauberbrühe. Der Duft nach starkem Kaffee zauberte gegen meinen Willen ein Lächeln auf mein Gesicht. Der italienische Teil meiner Familie glaubte tatsächlich an Espresso als Heilmittel für alle körperlichen und seelischen Gebrechen.

Es tat sehr weh, mir eingestehen zu müssen, dass ich dabei war, alles zu vermasseln. Dabei hatte ich immer nur das Ziel verfolgt, es zu etwas zu bringen. Nur eine schlichte Köchin, wenn auch zuletzt in einem Sternerestaurant, zu sein, schien mir da nicht genug, obwohl mir jedes Mal das Herz aufging, wenn ich am Herd stand und ein neues Rezept ausprobierte.

Als ich wieder mit Heulen anfing, griff ich nach dem grün karierten Stofftaschentuch, das Nonna mir reichte. Während ich in der Küche kreuzunglücklich wie ein Häufchen Elend vor meiner Oma saß, lugte Tine, die gerade gekommen sein musste, vorsichtig zur Tür herein.

„Alles in Ordnung bei euch?"

Statt einer Antwort schnäuzte ich lautstark in Nonnas Taschentuch. Meine Großmutter schüttelte den Kopf. „Ich glaube, hier liegt etwas im Argen. Aber das bekommen wir schon wieder hin."

Nonna fischte ein Handy aus ihrer abgewetzten Lederhandtasche, und ich fragte mich, wozu meine Großmutter in Italien das neueste Gerät mit dem Apfel darauf nötig hatte. Eigentlich hätte ich bei ihr eher auf den Typ funktional mit großen Knöpfen getippt.

„Ciao, Marcello!"

Entsetzt schlug ich die Hände über meinem Kopf zusammen, als ich mitbekam, mit wem Nonna telefonierte. Sie befahl ihm ohne große Umschweife, gefälligst seinen Hintern hierherzubewegen, denn es handle sich um einen Notfall. Ich blickte Nonna verständnislos an, doch die winkte nur lässig ab.

„Jetzt wisch mal die Tränen ab, mach dich hübsch und bring mir Stift und Papier. Ich habe da ein paar Ideen."

Ich runzelte die Stirn, folgte jedoch wie immer Nonnas Anweisungen, ohne weitere Fragen zu stellen. Wenigstens kritisierte sie mich nicht ständig, so wie Nik und meine Mutter es immer taten, wenn das Gespräch auf die Spaghetteria kam. Ich hatte großes Vertrauen, dass sie es richten würde. Zeit mit Nonna zu verbringen, war immer heilsam für mich, und ich war gespannt, was sie sich ausdachte, auch wenn mir nicht ganz wohl bei der Sache war.

„Setzt euch!", befahl Nonna, nachdem Marcello wenige Minuten später eingetrudelt war.

Schweiß tropfte ihm von der Stirn, und er wirkte so gehetzt, als wäre er den ganzen Weg gerannt. Meine Mundwinkel zuckten. Wahrscheinlich wusste auch er um Nonnas Zorn, wenn sie zu lange auf jemanden warten musste. Summend hängte sie das GESCHLOSSEN-Schild an die Tür und drehte den Schlüssel um.

„Nonna, was soll das? Wir können doch jetzt nicht schließen. Das Mittagsgeschäft geht bald los, und ich habe noch gar nichts vorbereitet." Meine Stimme klang leicht hysterisch.

Tine strich mir beruhigend über den Arm. „Mittags war hier in den letzten Tagen doch sowieso nichts los."

Ich gab mich geschlagen. Meine Freundin hatte recht. Ich machte mir etwas vor.

Nonna versorgte uns alle mit frischem Espresso, von dem ich keinen Schluck anrührte, weil mein Magen mir den vorigen immer noch übelnahm, und breitete ihre Notizen über dem Tisch aus.

„Hier ist mein Plan: Mittags haben wir ab sofort geschlossen."

Empört schnappte ich nach Luft und versuchte vergebens, zu protestieren.

„Mamma mia, Sofia! La mia pazienza è arrivata al limite. Meine Geduld ist am Ende. Willst du nun meine Hilfe oder nicht?"

Der ungewohnt scharfe Tonfall meiner Großmutter und ihre funkelnden Augen ließen mich zusammenzucken. Ich wusste, dass Nonna keinen Widerspruch duldete. Und tief in mir drin wusste ich auch schon längst, dass ich mich in meinem Restaurant immer mehr verzettelt hatte.

„Dafür legen wir Wert auf ein hochwertiges Abendessen. Damit wirst du dir einen Namen machen, Cara mia. Für deine Gäste muss das Essen hier ein ganz besonderes Erlebnis sein. Ich werde in der Küche ein wenig herumprobieren."

Ich überlegte kurz, ob ich Nonnas Ideen höflich ablehnen konnte, und fühlte, wie meine Wangen heiß wurden. Es gefiel mir nicht, dass meine Großmutter nun den Ton angab, doch ich wagte es nicht, ihr zu widersprechen. Mein Blick fiel auf Marcello, der nur die Augenbrauen hob und grinste.

„Mamma mia, Sofia! Jetzt schau doch nicht so! Ich will dir nur helfen. Im Moment kann man dich doch nicht an den Herd lassen. So, wie du gerade kochst, vergraulst du die Gäste doch nur."

Meine Muskeln spannten sich an. Am liebsten wäre ich aufgesprungen und gegangen. Ungern ließ ich mir in der Hinsicht etwas sagen oder gar in meine Pläne reinreden, die meine Arbeit betrafen. Doch hier ging es um meine Zukunft, und wenn *Sofias Spaghetteria* überleben sollte und ich Erfolg haben wollte, dann musste ich meinen Stolz hinunterschlucken.

Möglicherweise war Nonnas Idee einen Versuch wert. Meine resolute Großmutter schilderte im Anschluss ihre Pläne sehr detailliert. Sie schlug vor, ab heute Abend nur drei verschiedene Nudelgerichte anzubieten, etwas Antipasti, eine Suppe und ein Dessert. Die Gerichte wollte sie jeden Abend wechseln. Dann beauftragte sie Tine damit, in der Stadt Werbung für das Essen heute Abend zu machen. Durch ihren Job als Barkeeperin kannte sie schließlich eine Menge Leute. Und mich scheuchte sie zusammen mit Marcello zu Olivers Feinkostladen, um ein paar fehlende Zutaten zu besorgen.

Sofia

Als wir am Park vorbeigingen, kam uns eine Gruppe junger Frauen entgegen. Dabei bemerkte ich, wie sich sämtliche Blicke auf Marcello richteten. Vorsichtig betrachtete ich ihn von der Seite. Er war zehn Jahre älter als ich und immer noch genauso attraktiv, wie ich ihn in Erinnerung hatte. Mein Herzschlag beschleunigte sich, als ich an den Kuss zurückdachte.

„Schon seltsam, dass Nonna uns beide zusammen zu Oliver schickt, findest du nicht?"

Marcello schüttelte den Kopf. „Du kennst doch deine Großmutter. Vielleicht hat sie bemerkt, dass wir Redebedarf haben. Sofia, ich glaube, ich muss dir etwas erklären." Er holte tief Luft. „Wegen dem, was in Italien passiert ist, es …"

„Schon gut. Lass uns jetzt nicht darüber reden. Bitte." In meinem Bauch rumorte es, und ich fragte mich, ob es an meinem schlechten Gewissen lag.

Völlig unerwartet nahm Marcello mich in den Arm und hauchte mir einen unschuldigen Kuss auf den Scheitel. „Es tut mir leid", murmelte er und roch noch genauso gut wie auf der Trauerfeier meines Großvaters und wie damals, als er mich zum ersten Mal geküsst hatte.

Marcello war schon immer mein heimlicher Schwarm gewesen. Doch da er viel älter war als ich, schien er unerreichbar zu sein. Bis zu jenem Abend.

Wir waren bei Nonnas Nachbarin Rosa eingeladen gewesen, Marcellos Mutter. Ausnahmsweise war er am Wochenende zu Hause, weil er seiner letzten Eroberung überdrüssig geworden war und so schnell keinen Ersatz hatte auftreiben können. Marcello und ich saßen hinter Rosas Haus und lehnten mit dem Rücken an der Wand. Wir philosophierten über das Leben und die Liebe. Ich gab mir Mühe, mit meinen 15 Jahren reifer und erfahrener zu wirken, als ich in Wirklichkeit war. Da beugte er sich über mich. Einfach so und ohne jede Vorwarnung. Mir klopfte das Herz bis zum Hals.

„Du hast da etwas in deinen Haaren." Er lächelte und zog ein kleines Blatt heraus. Im gleichen Moment streiften seine Lippen die meinen. Mein Körper reagierte sofort, und die Schmetterlinge in meinem Bauch schienen sich zu überschlagen. Ich schloss die Augen und genoss den ersten Kuss meines Lebens, der umwerfend, ungewohnt und viel zu kurz war.

Als Marcello sich schnell von mir löste, versuchte ich, meine Enttäuschung zu verbergen. Eine Weile unterhielten wir uns über ganz alltägliche Dinge, wobei unsere Hände sich immer wieder wie zufällig berührten. Wie sehr wünschte ich mir damals, die Eine für ihn zu sein. In diesem Augenblick hörte ich Nonna nach mir rufen. Marcello küsste mich noch einmal auf die Nasenspitze.

„Du bist ein eindrucksvolles Mädchen, Sofia."

Ich konnte eine Fortsetzung dieses Abends kaum erwarten und hatte mir gewünscht, dass es das nächste Mal nicht bei einem Kuss bleiben würde. Doch kurz darauf hatte sich Marcello für ein

Studium in den USA entschieden. Er hatte den Kuss nie wieder angesprochen. Dabei hatte ich mir so viel mehr von ihm erhofft.

„Woran denkst du gerade?", wollte Marcello wissen.

Ich lockerte den Schal um meinen Hals. Für so einen warmen Herbsttag war ich viel zu dick angezogen. Ich fragte mich, wie mein Leben verlaufen wäre, wenn Marcello sich für mich entschieden hätte. Wäre ich Nik dann nie begegnet?

Wenn ich genauer darüber nachdachte, war das Herzklopfen damals nichts im Vergleich zu dem Trommelwirbel, den ich empfand, als ich Nik zum ersten Mal getroffen hatte. Auch wenn das mit uns gründlich schiefgegangen war, war ich dankbar für die großartige Zeit, die wir miteinander hatten. Nicht zum ersten Mal fragte ich mich in diesem Augenblick, warum ich ihm nicht einfach verzeihen konnte. Denn ich selbst war auch nicht ohne Fehler.

„Dies und das. Mir geht gerade einfach so vieles durch den Kopf. Was ist mit dir?"

„In deiner Nähe geht's mir immer gut. Das weißt du doch." Er grinste frech, während ich nur die Augen verdrehte. „Nein, im Ernst. Bei mir ist alles gut. Ich stehe gerade vor einer wichtigen Entscheidung."

„Und die wäre?"

Nachdenklich blickte Marcello Richtung Donau. „Ich habe mich hier um eine Stelle als Architekt beworben. Sag mal, was hältst du von einem Eis? Oder glaubst du, Nonna wird uns den Kopf abreißen, wenn wir ein wenig später kommen?"

Ich lachte. Einem Eis konnte ich bei diesem herrlichen Wetter nur schlecht widerstehen. Vergnügt trabte ich Marcello hinterher.

„Ist Zitrone immer noch deine Lieblingssorte?"

Überrascht, dass er sich daran erinnern konnte, nickte ich. Wir suchten uns eine Bank in der Nähe des Wassers. Genüsslich streckte ich die Füße vor mir aus und kickte einen kleinen Kieselstein zur Seite. Heute konnte man meinen, der Frühling stünde vor der Tür. Dabei war in wenigen Tagen schon November.

„Ich glaube, Nonna wollte mich einfach nur von der Küche fernhalten. Warum sonst schickt sie ausgerechnet uns zu Oliver?"

Marcello verhinderte mit seinem Zeigefinger, dass ihm das Eis von der Waffel heruntertropfte. „Was ist denn so schlimm daran?"

Ich zuckte mit den Schultern. „Nik und ich haben gerade ein paar Probleme. Außerdem gefällt es ihm nicht besonders, dass du hier bist."

Marcello lachte. „Das kann ich mir vorstellen, nach dem, was Nonna gesagt hat." Er lehnte sich entspannt zurück. „Und was ist mit dir? Hast du auf eine Fortsetzung gehofft?"

Ich war mir nicht sicher, was ich antworten sollte. Der besagte Abend in Italien war peinlich genug für mich gewesen. Dabei hatte ich mich nur einsam gefühlt und mich nach Trost gesehnt.

„Sei sempre il solito", nuschelte ich, „du änderst dich nie."
Genervt von der ganzen Situation warf ich meine übrig
gebliebene Waffel in den Mülleimer. „Warum bist du wirklich mit
Nonna hergekommen?"

Marcello seufzte. „Es hat mit meiner Entscheidung zu tun.
Für mich gibt es hier in Regensburg eine großartige Möglichkeit,
mich beruflich zu verändern, und wenn ich die Zusage
bekomme, dann werde ich womöglich hierbleiben. In dieser
Stadt leben Menschen, die mir viel bedeuten."

Ich fragte nicht weiter nach und hoffte, dass er nicht
meinetwegen nach Deutschland gekommen war. Immer wieder
schweiften meine Gedanken ab zu Nik. Wie gerne würde ich mit
ihm an der Donau sitzen und Eis essen. Leider tauchte zeitgleich
auch Anna wieder vor meinem inneren Auge auf. Ich war wütend
auf mein eifersüchtiges Herz und weil ich nicht aufhören konnte,
Nik zu lieben. Vielleicht war es gar nicht so schlecht, dass
Marcello mit Nonna hierhergekommen war.

„Wir sollten wohl endlich einkaufen gehen", sagte ich und
schenkte ihm ein breites Lächeln.

Als wir zwei Stunden später meine Spaghetteria betraten,
wehte uns ein köstlicher Duft von Rosmarin und gerösteten
Pinienkernen entgegen. Nik schenkte Nonna gerade ein Glas
Wein ein. Die beiden lachten über etwas, was ich nicht hören
konnte.

„Hier. Das sind die Sachen, die du angeblich so dringend
brauchst." Energisch knallte ich ihr den Korb auf die Anrichte,

während meine Großmutter nur kurz nickte und weiter in aller Seelenruhe in einem der Töpfe am Herd rührte und mit Nik plauderte. Mein Mann ignorierte mich völlig. Nur für Marcello hatte er einen finsteren Blick übrig. Es war zum Aus-der-Haut-fahren!

Genau wie ich vermutet hatte, würdigte Nonna die Einkäufe mit keinem einzigen Blick. Ich hatte also recht gehabt, sie wollte einfach ihre Ruhe in der Küche haben. Und damit ihr niemand im Weg stehen sollte, hatte sie einfach alle fortgeschickt. Wann Nik wohl gekommen war?

Im Grunde spielte es keine Rolle. Wir hatten uns getrennt, und ab dem Tag von Nonnas Abreise würde jeder sein eigenes Leben führen. Bis dahin konnte es nicht schaden, wenn Nik ein wenig eifersüchtig war.

***

„Marcello, hier ist die *Pasta e lentichie* für Tisch vier", rief Nonna aus der Küche.

Meine Zweifel, was die Pläne meiner Großmutter betrafen, hatten sich kurzfristig in Luft aufgelöst. In der Spaghetteria war schon lange nicht mehr so viel los gewesen wie am heutigen Abend. Tine hatte erfolgreich die Werbetrommel gerührt, wofür ich ihr wirklich dankbar sein musste. Es war kaum zu glauben, aber ein paar später eintreffende Gäste mussten wir sogar auf den nächsten Tag vertrösten.

Ich starrte meine Großmutter mit zusammengekniffenen Augen an. Im Grunde genommen freute ich mich über den erfolgversprechenden Abend, ärgerte mich jedoch gleichzeitig darüber, dass Nonna hier das Kommando übernahm und mich nicht einmal in die Nähe des Herdes ließ.

„Mamma mia. Jetzt schau doch nicht schon wieder so, Cara mia. Morgen kochen wir beide gemeinsam", hatte sie vorhin gemeint und mich mit ihrem gnädigen Lächeln fast zur Weißglut getrieben. Ich wusste, dass es keinen Sinn machte, mit Nonna zu streiten. Dabei konnte ich nur verlieren.

Marcello und Tine gaben im Service alles. Sogar Nik, der sich sonst nur um das Büro und alles andere kümmerte, half mit. Trotzdem hatte ich noch meine Mutter angerufen, die uns jetzt ebenfalls zur Hand ging. Als wir eine gefühlte Ewigkeit später endlich die letzten Gäste verabschiedet hatten, freute ich mich auf einen wohlverdienten Feierabend. Doch zum Unmut aller kündigte Nonna noch eine Teambesprechung an. Hätte ich nicht gewusst, wie sie bisher gelebt hatte, hätte sie jeder nicht nur für eine erfahrene Köchin, sondern auch für die Restaurantleitung halten können.

Künftig würden wir uns auf das Geschäft am Abend konzentrieren und dafür hochwertige und aufwendigere Gerichte zubereiten. Tine bekam von ihr den Auftrag, sich nach weiteren zuverlässigen Mitarbeitern umzusehen, und Marcello wurde trotz Niks anfänglichem Protest als Kellner engagiert, so lange er auf die Antwort seiner Bewerbung wartete, was für *Sofias Spaghetteria* bereits am ersten Abend eine enorme Bereicherung gewesen war.

„Die Frauen werden allein schon wegen Marcello herkommen. Das Essen ist für die doch zweitrangig", murmelte meine Mutter, als wir später gemeinsam die Küche aufräumten. Ich wunderte mich über die Eifersucht, die ich herauszuhören glaubte. „Aber er ist ja auch ein schöner Mann", fügte sie versöhnlich hinzu.

Ich konnte es keiner Frau verübeln, wenn sie eine Schwäche für diesen sexy Italiener hegte. Seine blauen Augen bildeten einen aufregenden Kontrast zu den dunklen Haaren, die ihm in einzelnen Locken ständig in die Stirn fielen. Männer wie Marcello waren Frauen gegenüber so besonders aufmerksam, dass sie sich fühlen mussten, als wären sie einzigartig.

Ich wusste nicht, ob es in seiner Natur lag oder er es bewusst darauf anlegte. Aber auch mir hatte schon so oft das Herz in seiner Nähe schneller geschlagen. Und als ich jemanden zum Reden gebraucht hatte, war ich überrascht gewesen, dass ich ausgerechnet in Marcello einen Vertrauten gefunden hatte.

Nik

„Kommst du?", fragte mich Sofia, als ich vorgab, immer noch die Tische abzuwischen. Nonna und die anderen waren bereits gegangen. „Warum hast du mir nicht erzählt, dass es mit der Spaghetteria so schlecht läuft?", wollte ich wissen. Zu meiner eigenen Überraschung klang meine Stimme mehr besorgt als vorwurfsvoll.

„Hat Mama dir davon erzählt?"

Ich nickte. „Zum Glück. So konnte ich wenigstens zuvor noch einen Blick auf die Zahlen werfen. Wie hätte ich denn sonst vor deiner Großmutter dagestanden?"

Mit gesenktem Blick griff Sofia nach ihrer Handtasche. „Glaubst du, dass Nonna Verdacht geschöpft hat?"

„Ich weiß es nicht. Aber vielleicht wäre es besser, wenn du nicht ständig mit Marcello flirten würdest." Ich ärgerte mich, weil ich mich gerade wieder als eifersüchtiger Ehemann outete. Doch Sofia lächelte nur.

Als wir weit nach Mitternacht nach Hause kamen und sie sich völlig erschöpft gegen die Schlafzimmertür sinken ließ, schnappte ich mir meinen Laptop und setzte mich aufs Bett.

„Du willst noch arbeiten?", fragte sie erstaunt.

„Ja, ich habe noch zu tun. Ich dachte mir, es könnte nicht schaden, unsere Internetseite auf Vordermann zu bringen."

Sofia sah müde aus, blass und hatte leichte Schatten unter den Augen. Dass ich mir Sorgen um sie machte, ließ ich mir aber nicht anmerken.

„Nonna hat mir heute in der Spaghetteria wirklich sehr geholfen", meinte sie, und ich fragte mich, ob es möglicherweise an unseren Problemen lag, dass Sofia nicht mehr kochen konnte oder sie womöglich ernsthaft krank war.

Aus Gewohnheit wollte sie sich den Pullover über den Kopf ziehen, als ihr bewusst wurde, dass ich sie anstarrte, und innehielt.

Ich konnte mir ein Sticheln nicht verkneifen. „Stört es dich nicht, dass deine Nonna das Kommando übernommen hat?"

Ihr Lächeln kam zaghaft. „Das ist schon okay. Es war so viel los, wie schon lange nicht mehr. Wir mussten sogar Gäste wegschicken! Tine hat richtig Werbung für uns gemacht, und das Essen war superlecker." Anscheinend hatte sie für einen kurzen Moment vergessen, dass ich auch dabei gewesen war.

Sie senkte den Blick. Sofia schien überrascht, was Nonna in der kurzen Zeit alles auf die Beine gestellt hatte. „Und du hättest sehen sollen, wie Nonna draußen auf der Straße mit den Leuten plauderte und ordentlich die Werbetrommel rührte. Unglaublich, meine Oma!"

Ich war mir nicht ganz sicher, ob sie wirklich begeistert von allem war. Schließlich wusste ich, wie gerne Sofia selbst das Kommando hatte.

„Und du hast wirklich kein Problem damit, dass Nonna jetzt den Ton angibt?", fragte ich noch einmal.

Sofia starrte in die Ferne.

Die Leute schienen begeistert von der Kochkunst ihrer italienischen Großmutter, was mich nicht überraschte, war ich ja auch schon häufiger in den Genuss gekommen. Aber Sofia sollte nur die zweite Geige spielen?

Doch sie schüttelte betont lässig den Kopf, auch wenn sie sicher wusste, dass sie mir nichts vormachen konnte.

„Nonna besteht übrigens darauf, dass ich öfter im Service mithelfe." Von Sofias Großmutter hatte ich mir eine lange Gardinenpredigt anhören dürfen, von wegen ich würde meine Frau nicht genug unterstützen. Aber vielleicht hatte ich mir bisher wirklich nur die angenehmen Aufgaben herausgepickt.

„Klingt gut …", war alles, was Sofia herausbrachte. Sie setzte eine höflich-blasierte Miene auf, während ich genau wusste, dass sie mit ihrer Aufmerksamkeit nicht bei mir war. Hektisch kramte sie in ihrem Schrank herum und verschwand danach im Badezimmer.

Als sie wieder herauskam - nur mit Slip und einem T-Shirt bekleidet -, fragte ich gleich: „Willst du wirklich wieder auf der Luftmatratze schlafen?" Für einen kurzen Moment spürte ich einen Funken Hoffnung, der mich ein wenig leichtfertig werden ließ. Ich klopfte neben mir auf das Bett. „Bei mir ist noch ein Plätzchen frei." Im selben Moment waren mir meine Worte peinlich.

Sofia durfte mein sehnsüchtiger Blick nicht entgangen sein, aber sie stieg schnell in ihren Schlafsack. „Gute Nacht, Nik."

Das war eine klare Ansage, und ich bereute es, überhaupt einen Schritt auf sie zugemacht zu haben. Mit einem Mal war ich wieder wütend auf Sofia, die mir vertraut und gleichzeitig doch irgendwie fremd war. Warum wollte sie mir den Seitensprung nicht verzeihen, obwohl sie selbst einen anderen geküsst hatte? Ich wurde aber auch das Gefühl nicht los, dass sie auf den Italiener stand, und es schien, als müsste ich, meine Hoffnung auf ein Happy End vorerst begraben.

Es dauerte nicht lange und ich hörte Sofia leise schnarchen. Unruhig wälzte ich mich unter meiner Bettdecke hin und her. Als ich eine Stunde später immer noch nicht einschlafen konnte, trottete ich hinunter in die Küche, setzte mich an den Tisch und schenkte mir ein Glas Wasser ein. Mein Blick fiel auf die Couch. Von Marcello fehlte jede Spur. Ich fragte mich, wo dieser Typ steckte. Ein fader Geschmack stieg mir die Kehle hoch. Ich trank das ganze Glas aus.

„Kannst du nicht schlafen, Niklas?"

Erschrocken drehte ich mich um. Nonna musterte mich aufmerksam, bevor sie sich seufzend neben mir niederließ.

Ich schüttelte den Kopf und betrachtete sie liebevoll. Ich mochte Sofias Oma seit dem ersten Tag, an dem sie mich ihr vorgestellt hatte. Sie war eine typische italienische Nonna, resolut, herzlich und meistens gut gelaunt. Nicht nur einmal hatte ich schon gedacht, dass sie mit ihrer rundlichen Figur und ihrer forschen Art sich bestimmt gut in einem Werbespot für italienisches Olivenöl machen würde, ein bisschen wie „Mama Miracoli".

„Sofia und ich haben ein paar Probleme." Die Worte waren mir ganz einfach über die Lippen gekommen. „Nicht so schlimm", fügte ich vorsichtshalber hinzu.

Nonna nickte verständnisvoll. „So etwas habe ich mir schon gedacht. Möchtest du darüber reden?"

Für einen kurzen Augenblick fragte ich mich, ob Nonna mehr wusste, als sie vorgab. Meine Wangen fingen an zu glühen. Sollte ich ihr von meinem Betrug erzählen? Irgendwie genierte ich mich vor Sofias Großmutter.

„Offen gestanden …" Ich zögerte.

Nonna war meine Befangenheit nicht entgangen. „Es steht mir nicht zu, dir gute Ratschläge zu geben, Niklas." Vertraulich legte sie ihre Hand auf meinen Arm. „Sofia ist die eine für dich, richtig?"

Ich nickte entschlossen. „Das Problem ist …", begann ich, „… dass ich einen schwerwiegenden Fehler gemacht habe. Und Sofia …" Ich überlegte, den Kuss mit Marcello zu erwähnen, ließ es aber doch sein.

„Eine Ehe ist nie leicht. Glaubst du, Sofias Nonno und ich hatten keine Probleme?"

Überrascht sah ich sie an.

„Mit Sebastiano war es nicht immer einfach. Doch ich habe ihn geliebt. Und wenn man jemanden aufrichtig liebt, dann lohnt es sich zu kämpfen. Liebe bedeutet Arbeit, etwas für den anderen zu tun, ohne etwas dafür zu erwarten." Sie beugte sich vor und hauchte mir einen Kuss auf den Scheitel. „Ich gehe jetzt lieber wieder ins Bett. Schließlich brauche ich meinen Schönheitsschlaf. Und, Nik?" Nonna zwinkerte mir zu. „Im Krieg und in der Liebe ist alles erlaubt."

Sofia

„Aua, so ein Mist!" Ich rieb mir mit der Hand über den Kopf, nachdem ich mich an der Bettkante gestoßen hatte. Das würde mit Sicherheit eine dicke Beule geben. Und das alles nur, weil ich immer noch auf dieser dämlichen Luftmatratze auf dem Boden schlief, während mein Mann es sich in unserem bequemen Bett gemütlich machte.

„Alles in Ordnung mit dir?", wollte Nik wissen.

Tapfer biss ich mir auf die Unterlippe und nickte. „Hab mir nur den Kopf gestoßen. Es geht schon wieder."

Sterne tanzten vor meinen Augen, die ich wegzublinzeln versuchte, und auch mein Magen rebellierte leicht. Mit Sicherheit würde es mir besser gehen, wenn ich erst etwas gefrühstückt hatte.

Zu meiner Überraschung verzichtete Nik heute auf seine allmorgendliche Laufrunde und ging ins Badezimmer, um zu duschen. Ich warf einen Blick auf den Wecker. Es war höchste Zeit, aufzustehen. Stöhnend streckte ich meinen Rücken, der von der Nacht auf der Luftmatratze stark in Mitleidenschaft gezogen worden war. Wieder einmal verfluchte ich meinen falschen Stolz, dem ich das zu verdanken hatte, und wünschte, ich wäre gestern einfach zu Nik ins warme Bett gekrabbelt.

Ich blieb weitere zehn Minuten auf der Matratze liegen, bevor ich es endlich schaffte, mich zu erheben. Erneut wurde mir schwindelig. Mein Kopf musste vorhin, als ich so abrupt geweckt worden war, ganz schön was abbekommen haben.

Resigniert betrachtete ich mein müdes Gesicht im Spiegel und zog die Mundwinkel nach oben. Nicht einmal für mich selbst hatte ich ein aufmunterndes Lächeln übrig. Gleich würde ich den Frühstückstisch decken, Kaffee aufbrühen und Nonna *Sofia und Nik in Lov*e vorspielen müssen.

In meinem Kopf hörte ich Nonnas Stimme sagen: „Cara mia! Basta oziare in giro! Es gibt viel zu tun!"

Genau in diesem Moment riss jemand die Schlafzimmertür auf. „Buongiorno, Sofia! Du bist also endlich wach. Sbrigati! Es wartet eine Menge Arbeit auf uns." Nonnas Stimme klang morgens noch lauter als sonst. Ich fuhr erschrocken zu ihr herum.

Es war doch nicht zu fassen! Konnte diese Frau Gedanken lesen? Und wieso kam sie so einfach in unser Schlafzimmer? Mussten wir jetzt in unserem Haus etwa abschließen?

Ihr Blick fiel auf die Luftmatratze und den Schlafsack, die beide noch auf dem Boden lagen. Ich ärgerte mich über meine eigene Nachlässigkeit und kickte die Sachen schnell mit dem Fuß unters Bett. Doch es war zu spät. Den achtsamen Augen meiner Großmutter entging nie etwas.

„Was hat das zu bedeuten, Cara mia? Teilt ihr nicht das Bett miteinander?"

Hoffnungsvoll blickte ich Richtung Badezimmer. Auf Niks Hilfe musste ich in diesem Moment aber verzichten. Dieser Mann schien heute ewig zu duschen.

„Nonna, weißt du, ich habe Probleme mit dem Rücken", sagte ich schnell. „Mein Arzt meinte, es wäre gut, öfter die Schlafposition zu wechseln und statt im Bett ruhig zwischendurch auf dem Fußboden zu schlafen. Das stärkt den Rücken." Für diese sensationelle Erklärung gab ich mir innerlich selbst ein High Five.

Nonna schien nicht überzeugt, was ihr zweifelnder Gesichtsausdruck sehr deutlich zeigte. „So, so … wenn du meinst. Ich wollte gerade das Frühstück für uns vorbereiten, aber ich kann die Bohnen für den Kaffee nicht finden."

Genervt rollte ich mit den Augen. „Ich komme gleich, Nonna", sagte ich, obwohl ich mich am liebsten gleich wieder hingelegt hätte.

„Ich finde, du wirkst blass und gestresst, Sofia. Ist irgendwas mit dir nicht in Ordnung? Vielleicht solltest du das auch von deinem *Arzt* abklären lassen." Die Art und Weise, wie sie das Wort Arzt betonte, ließ mich zusammenzucken. Ich wusste, dass Nonna meine Lüge erkannt hatte.

Ihr sorgenvoller Blick ruhte einige Sekunden auf mir. Jetzt würden Nik und ich uns noch mehr anstrengen müssen, um nicht aufzufliegen. Nonna schien sich im Augenblick bester Gesundheit zu erfreuen, und ich wollte nicht, dass sich daran etwas änderte. Sie sollte sich nicht auch noch um mich sorgen müssen.

Gerade als ich die Kaffeebohnen für den Espresso mahlen wollte, während Nonna noch etwas in ihrem Zimmer zu erledigen hatte, stahl sich Marcello durch die Terrassentür herein. Schweiß tropfte ihm von der Stirn, und er wirkte abgehetzt.

„Wo bist du denn gewesen?", wollte ich wissen. Seine Haare waren ganz verstrubbelt und der Duft eines femininen Parfüms wehte zu mir herüber. Ich fragte mich, warum mir dieser Geruch so bekannt vorkam. Er legte seinen Zeigefinger auf meine Lippen, während er den Blick hektisch durch den Raum schweifen ließ.

„Pssst. Ich will nicht, dass deine Nonna mich hört. Bevor sie mich ebenfalls mit Fragen überfällt, wo ich denn die letzte Nacht gewesen sei und so weiter und so fort, will ich wenigstens in Ruhe duschen." Eine ehrliche Antwort blieb er mir schuldig.

Nonna hatte bereits Cornetti gebacken, italienische Hörnchen, die ein wenig Ähnlichkeit mit Croissants hatten, und ich hoffte schwer, dass es welche mit Schokoladenfüllung waren.

„Wow, wie gut das duftet", rief Nik, als er, noch mit feuchten Haaren, die Treppe herunterkam.

Sobald Nonnas üppiger Busen die Tischkante berührte, schnappte er sich eines dieser köstlichen Teile und tunkte es genussvoll in den Milchschaum seines Kaffees. Sie lächelte zufrieden. „Die mochtest du früher schon so gerne, Niklas."

Endlich gesellte sich auch Marcello zu uns an den Tisch. Heute trug er nicht seinen grauen Feinstrickpullover, sondern ein enges Shirt, welches seinen muskulösen Oberkörper betonte. Verstohlen musterte ich ihn von der Seite und fragte mich, ob er die Nacht mit einer Frau verbracht hatte.

Ich schenkte mir noch einmal Kaffee nach und drängte diese Überlegung beiseite. Schließlich stand es mir nicht zu, eifersüchtig zu sein, und mein Herz schlug immer noch für Nik. Trotzdem kratzte der Gedanke ein wenig an meinem Ego.

Ich ließ mir Nonnas köstliche Cornetti mit Schokolade schmecken und würdigte Marcello und Nik keines Blickes mehr.

„Ich denke übrigens darüber nach, meinen Besuch hier zu verlängern", meinte meine Großmutter plötzlich.

Nonna hatte ursprünglich geplant, nur für vier Wochen hier zu bleiben.

Ich verschluckte mich beinahe an meinem Kaffee. „Was?"

Hilfesuchend wandte ich mich an Nik, doch der starrte nur auf die Wand gegenüber. Ich konnte förmlich hören, wie er mit den Zähnen knirschte.

„Ich glaube, es wäre für uns alle das Beste. Cara mia, du kannst für dein Restaurant dringend jede Hilfe gebrauchen." Nonna spielte mit einem der klobigen goldenen Ringe, von denen sie drei an jeder Hand trug. „Außerdem wartet in Italien ja niemand auf mich." Für einen kurzen Moment schien die Luft zum Schneiden dick.

„Nonna, ich finde, du solltest dich lieber schonen. Du hattest doch erst einen Herzinfarkt", warf ich besorgt ein und streichelte ihr über die Hand.

Meine Oma zuckte lässig mit den Schultern. „Nicht der Rede wert, Cara mia. Wie gesagt, in Italien läuft mir ja nix davon." Sie lächelte zufrieden, während Nik mir einen entsetzten Blick zuwarf.

Sofia

Am frühen Vormittag schlenderte ich mit Nonna zur Spaghetteria, die nur fünfzehn Minuten Fußweg von unserem Haus entfernt lag. Von der Kälte waren ihre Wangen gerötet, und der Wind zerzauste ihr silberfarbenes Haar und löste einzelne Strähnen aus dem langen Zopf, den ich ihr vorhin geflochten hatte. Sie legte liebevoll den Arm um mich, als ich gerade die Tür aufsperren wollte.

„Du wirst sehen, Sofia. Mit ein bisschen Übung und meiner Hilfe wird das schon wieder. Dann kochst du genauso gut wie zuvor."

Da war ich mir nicht so sicher. Wie sollte ich jemals wieder richtig kochen können, wenn mein Gefühlsleben ein einziges Durcheinander war? Nonna hatte heute Morgen darauf bestanden, dass wir zu Übungszwecken gemeinsam ein Mittagessen für die Familie kochten.

Ich genoss die Zeit mit meiner Großmutter, in der ich sie ganz für mich alleine hatte. Oliver und Tine mussten arbeiten. Doch Mama, Nik und Marcello würden später dazukommen. Dem gemeinsamen Essen blickte ich mit gemischten Gefühlen entgegen. Die Kombination Nik und Marcello sorgte häufig für eine hochexplosive Stimmung, die mich manchmal innerlich zum Schmunzeln brachte und gleichzeitig den letzten Nerv kostete.

Mittlerweile zweifelte ich nicht mehr daran, dass der Grund für Marcellos Besuch ein ganz anderer war, als ich zunächst angenommen hatte. Dachte ich an den Kuss in Italien, empfand ich nur noch Scham, weil das Ganze so peinlich abgelaufen war. Mochte die Sache mit dem Jobangebot stimmen, war da aber sicherlich noch etwas anderes im Busch. Und ich hatte das ganz starke Gefühl, dass ich es bald erfahren würde. Wobei, wirklich wichtig für mich waren im Moment ganz andere Dinge. Nonna band sich eine ihrer geblümten Schürzen um, von denen sie eine riesige Sammlung besaß und ohne die sie niemals auf Reisen ging, und kramte danach Töpfe und diverse Zutaten aus den Schränken. Ich schnappte mir eine Cola und scrollte auf meinem Handy herum, weil ich Oma ein Rezept zeigen wollte. Gestern hatte ich auf Pinterest eine herrliche Schokoladensauce gefunden, die ich für ein italienisches Schmorgericht ein wenig umfunktionieren wollte. Dabei fiel mein Blick auf die Fruchtbarkeitsapp, die ich schon so lange nicht mehr benutzt hatte und die ich mit großer Wahrscheinlichkeit auch nie wieder brauchen würde.

Die mir so bekannte Traurigkeit schlich sich zurück in mein Herz. In dem Moment sah ich nur eine einzige Lösung. Ich musste mich von diesem Wunsch verabschieden. Vielleicht war es nicht die richtige Zeit für mich, oder das Universum hatte für mich einfach keine Kinder vorgesehen. „Also schön", fügte meine innere Stimme hinzu. Schweren Herzens drückte ich auf „Löschen" und entfernte die App von meinem Handy.

Statt Erleichterung fühlte ich nur eine tiefe Leere. Meine Tränen blinzelte ich einfach weg. Ich bemühte mich um eine konzentrierte und neutrale Miene.

„Was ist los, Cara mia? Dich bedrückt doch irgendetwas." Nonna nahm mir das Handy aus der Hand, legte es auf die Arbeitsfläche und sah mich eindringlich an. „Willst du es deiner Nonna nicht lieber erzählen?"

Die Vorstellung, einen ganzen Vormittag mit ihr verbringen zu müssen, lag mir mit einem Mal schwer wie Blei im Magen. Wie konnte ich meine Großmutter nur derart belügen? Sie schien nichts von meiner Scharade zu ahnen. Dabei hätte ich ihr so gerne alles erzählt, mir alles von der Seele geredet.

Für einen Moment war ich versucht, ihr die Wahrheit zu sagen. Doch dann brachte ich den Mut dafür nicht auf. Ich redete mir ein, dass ich nichts Schlimmes tat, sondern mich nur um das Wohl meiner Großmutter sorgte. Und die würde es bestimmt nicht gutheißen, wenn ihre Enkeltochter gerade dabei war, ihre Ehe in den Sand zu setzen.

„Es ist nichts, Nonna. Mach dir keine Gedanken." Ich lenkte von dem unangenehmen Thema ab, indem ich ihr von dem Rezept erzählte.

Doch Nonna war nicht überzeugt von der mutigen Kombination aus Fleisch mit scharfer Schokoladensauce, sodass ich beschloss, es auszuprobieren, sobald ich die Zeit dafür und die Küche für mich alleine hatte.

„Ich dachte, wir kochen gemeinsam Orecchiette pomodori, so wie früher." Nonna lächelte mich aufmunternd an, und wie so oft konnte ich ihr einen Wunsch nicht abschlagen.

Ich kippte also eine größere Menge von dem feinen Weizenmehl in die Schüssel der Küchenmaschine und schlug vier Eier hinein, bevor ich das Ganze mit ein wenig Kurkuma verfeinerte.

„Mamma mia! Was soll das denn werden?" Entsetzt stemmte Nonna ihre Hände in die Hüften. „Seit wann geben wir denn Eier in den Nudelteig?"

Für einen Moment hatte ich vergessen, dass Nonna den Nudelteig immer nur mit Wasser zubereitete.

„So kann das ja nichts werden. Und was hat das gelbe Zeug darin zu suchen?" Sie verzog angewidert das Gesicht. „Außerdem dachte ich, wir machen es auf die altmodische Art", murmelte meine Großmutter enttäuscht.

Ich seufzte und schaltete die Küchenmaschine ein. „Gib meinen Nudeln doch einfach eine Chance, Nonna. Ich rühre mit der Maschine doch nur den Teig geschmeidig."

„Also schön." Sie lachte wieder. „Manchmal muss man offen für Veränderungen sein, nicht wahr?"

Wenn sie wüsste, wie recht sie damit hatte!

In der halben Stunde, in der wir den Teig ruhen ließen, genehmigten wir beide uns einen Espresso.

„Was macht eigentlich dein Herz, Nonna?"

„Es könnte nicht besser sein." Meine Oma lächelte zufrieden.

Ungläubig musterte ich sie mit zusammengekniffenen Augen. „Du wirkst erstaunlich fit nach deinem Herzinfarkt."

Warum hatte ich das bisher eigentlich noch nicht angesprochen?

Nonna hüstelte. „Jetzt, wo du es sagst, Cara mia. Hin und wieder spüre ich ein heftiges Ziehen in der Herzgegend. Aber die Zeit mit dir und die Arbeit in der Spaghetteria machen mich glücklich und tragen erheblich zu meiner Genesung bei." Sie schenkte mir ein entwaffnendes Lächeln und wechselte geschickt das Thema. „Wir sollten uns um die Soße kümmern."

Gut gelaunt trällerte sie *Zucchero e pepe* vor sich hin. Nonna hatte eine wundervolle Stimme, kräftig und melodisch. Ich stimmte mit ein. Nonnas Zopf wippte fröhlich hin und her, während wir singend und tanzend die Zutaten zerkleinerten: Zwiebeln, Knoblauch, Karotten, Sellerie, frische und getrocknete Tomaten sowie Rosmarin und Oregano.

Die angenehme Gesellschaft meiner Großmutter löste ein warmes Gefühl in meinem Bauch aus, und zum ersten Mal seit Niks Betrug musste ich nicht an meine Probleme denken, sondern fühlte mich einfach nur glücklich.

Nonna wies mich an, die Tomaten mit ein wenig Olivenöl, den Zwiebeln, dem Knoblauch, etwas Zucker und Tomatenmark für eine Stunde im Ofen schmoren zu lassen. Als sie nicht hinsah, fügte ich noch eine ordentliche Prise Salz dazu. Für meinen

Geschmack hatte sie viel zu wenig davon hineingegeben. In der Zwischenzeit formten wir aus dem Teig, den wir zuvor zu einzelnen Würstchen gerollt hatten, die Orecchiette.

„Cara mia! Ich muss zugeben, dass sich dein Teig gar nicht so schlecht verarbeiten lässt." Sie grinste. „Aber ein endgültiges Urteil werde ich erst fällen, wenn ich später davon gekostet habe."

Wir gaben die geschmorten Tomaten zu den restlichen Zutaten, und als Nonna kurz auf die Toilette verschwand, verfeinerte ich unsere Soße mit einem ordentlichen Schwung Tabasco. Nonna hatte viel zu fade gewürzt. Doch das würde ich ihr nicht sagen. Dieses Mal hatte ich ein richtig gutes Gefühl beim Kochen. Das Essen würde hervorragend schmecken!

Die fertigen kleinen Öhrchennudeln verteilten wir danach auf diversen Backblechen, damit sie trocknen konnten. Zufrieden betrachtete ich unser Werk, als mir etwas einfiel: Tines Hochzeit! Wie hatte ich das nur vergessen können?

„Du, Nonna?" Ich klimperte übertrieben mit meinen Wimpern.

Ein Lächeln spielte um ihre Lippen. „Cara mia?"

„Eigentlich hätte sich eine meiner früheren Angestellten um Tines und Olivers Essen für die Hochzeit kümmern sollen. Aber Anna arbeitet nicht mehr für mich." Ich zuckte kurz zusammen, als ich diesen Namen erwähnte. „Ich habe Tine versichert, dass ich eine Lösung finden werde." Nervös trat ich von einem Fuß auf den anderen. Hoffentlich war Nonna das nicht zu kurzfristig.

173

„Und jetzt willst du mich fragen, ob ich das übernehmen könnte?"

Ich strich mir verlegen eine Strähne hinters Ohr und nickte. „Irgendwie schon. Aber nur, wenn es dir nicht zu viel wird. Wegen deinem Herzinfarkt, meine ich. Du unterstützt mich ja hier schon so viel, und ich möchte nicht, dass du dich übernimmst und …"

Meine Großmutter brachte mich mit einer Handbewegung zum Schweigen. „Schon gut. Es ist mir eine Ehre, das Hochzeitsessen für deine beste Freundin zu kochen, und dafür fühle ich allemal fit genug."

Dankbar fiel ich ihr um den Hals. „Du bist die Beste, Nonna. Ich hab dich so lieb."

Sofia

In diesem Moment betrat Marcello gut gelaunt die Spaghetteria. Meine Mutter und Nik folgten ihm. Ich warf einen Blick auf die Uhr. Es war kurz vor zwölf Uhr mittags. Die drei waren absolut pünktlich. Zum Glück. Nonna konnte ziemlich ungemütlich werden, wenn jemand zu spät zum Essen kam. Dann fuchtelte sie einem ständig mit dem Zeigefinger vor der Nase herum, während sie laut „Meglio tardi che mai!" rief und damit drohte, keinen Nachtisch zu servieren. Außerdem würdigte sie den „Übeltäter" während des Essens keines Blicks und strafte ihn den restlichen Tag ebenfalls mit Missachtung.

Meine Mutter küsste mich auf die Wange. Nik tat es ihr gleich, damit Nonna nichts von unserem Theater bemerkte und wirkte dabei mehr als unsicher.

„Bella donna! Ladys, ihr seht hinreißend aus." Marcello zwinkerte uns freundlich zu.

Nik verdrehte dabei genervt die Augen. Ich genoss Marcellos Aufmerksamkeit und ertappte mich wieder bei dem Gedanken, dass er womöglich doch meinetwegen nach Deutschland gekommen war. Aber dann tauchten die Bilder des Abends nach der Beerdigung meines Opas wieder auf, und ich war mir nicht mehr so sicher.

Nonna musterte mich mit einem strengen Blick von der Seite und räusperte sich übertrieben laut. Anscheinend hatte sie mitbekommen, wie ich Marcellos Po angestarrt hatte. Aber auch sie würde zugeben müssen, dass dieser Mann einfach einen waffenscheinpflichtigen Hintern vorzuweisen hatte.

„Sofia, sei doch so gut und hol den Wein aus dem Keller." Nonna wischte sich den Schweiß von der Stirn. „Niklas, hilf ihr doch bitte", schob sie schnell hinterher.

Wie gehorsame Kinder stapften wir hinunter in den Weinkeller, wo ich eine der Flaschen in meiner Hand drehte, die Nonna in Auftrag gegeben hatte. Ich studierte das Etikett und stellte fest, dass es sich um Niks Lieblingswein handelte. Es war der einzige Wein, den ich sogar anhand seines Geschmacks wiedererkennen würde: Capitanio Brindisi Riserva.

„Deine Großmutter beweist wie immer einen ausgezeichneten Gaumen."

Er schenkte mir ein warmes Lächeln und nahm mir die zwei Flaschen ab. Wir wussten beide, dass ein gemeinsamer Ausflug in den Keller nicht nötig gewesen wäre. Hatte Nonna etwa doch Verdacht geschöpft? Ich hoffte, dass es nicht so war. So schnell wie möglich wollte ich wieder nach oben. Niks Nähe machte mir zu schaffen, unseren Weinkeller fand ich immer schon gruselig, und ich wusste nicht, worüber ich mit ihm sprechen konnte.

„Verdammt! Die Tür zur Küche geht nicht auf." Ich rüttelte fest daran. Doch sie rührte sich kein Stück. Von unserer Küche kam man durch eine Tür direkt zu den Treppen, die zum Keller hinunterführten.

„Das kann nicht sein. Lass mich mal ran." Nik versuchte ebenfalls sein Glück, nur um kurz darauf festzustellen, dass ich recht hatte.

Resigniert setzte ich mich auf eine der kalten Treppenstufen. Nik klopfte und hämmerte an die Tür und brüllte immer wieder: „Aufmachen! Hört uns denn keiner!" Doch nichts geschah.

„Glaubst du, dass uns jemand eingesperrt hat?", fragte ich vorsichtig und behielt vorerst für mich, dass ich meine Nonna in Verdacht hatte.

„Nein." Energisch schüttelte er den Kopf. „Das macht keinen Sinn. Wir wollten doch gemeinsam essen. Du wirst sehen, gleich kommt jemand. Die Tür klemmt sicher nur."

Davon war ich leider nicht überzeugt. Die Minuten vergingen, und jede, die wir hier gemeinsam verbrachten, erschien mir wie eine Ewigkeit. Mir war übel und eiskalt. Nik schien es zu bemerken und legte vorsichtig seinen Arm um mich. Gleich spürte ich seinen warmen Körper an meiner Seite. Ausnahmsweise protestierte ich nicht und ließ es geschehen. Er beugte sich zu meinem Ohr, und der Duft seines Aftershaves, ein wenig salzig vom Kontakt mit seiner Haut, drang in meine Nase und weckte längst vergessene Erinnerungen an jene Tage, in denen wir uns ganz nahe gewesen waren.

„Sofia", murmelte er leise und schluckte schwer, „ich will dich nicht verlieren." Plötzlich waren seine Lippen ganz nah, und behutsam küsste er mich auf den Mund. Mein Herz begann zu rasen, und die Schmetterlinge in meinem Bauch schienen sich an die guten alten Zeiten zu erinnern.

„Mamma mia! Wo bleibt ihr denn? Wir verhungern hier halb, und ihr knutscht auf der Treppe herum. Nonna meinte, dass wir ohne euch mit dem Essen nicht anfangen." Marcello lachte fröhlich, und ich fragte mich, ob ich Niks Kuss erwidert hätte, wenn Marcello uns nicht unterbrochen hätte. Mein Herz kämpfte für einen Moment mit meinem Verstand. Und wie ich ihn geküsst hätte!

Ich stand ertappt auf, nuschelte Marcello ein genervtes „Ach, halt doch deine Klappe!" zu und ging widerwillig zurück zu Nonna, die gerade die Soße zum Tisch trug mich vergnügt anlächelte.

„Gibt es ein Problem, Cara mia?"

„Anscheinend klemmt die Tür zum Keller. Hast du uns denn nicht rufen gehört?"

Sie zuckte lässig mit den Achseln. „Ich habe gerade mit Marcello geplaudert und nichts davon mitbekommen. Scusa."

Wer's glaubt! Oma ahnte mit Sicherheit, dass Nik und ich Probleme hatten. Überzeugt, dass Nonna ihren Anteil an der „klemmenden" Tür hatte, behielt ich sie vorsorglich besser im Auge. Wer wusste, was sie noch alles im Schilde führte.

Als wir alle gemeinsam am Tisch saßen und mir meine Großmutter etwas von dem Wein einschenken wollte, lehnte ich dankend ab. „Für mich nur Wasser, bitte."

Nonna verdrehte verständnislos die Augen. Doch ich erinnerte mich nur zu gut daran, was das letzte Mal dabei herausgekommen war, als ich zu viel Alkohol konsumiert hatte. Außerdem bereitete mir mein empfindlicher Magen wieder Schwierigkeiten. Ich sollte wohl wirklich mal zu meinem Hausarzt gehen.

„Das sieht ja köstlich aus!", lobte uns meine Mutter und spießte die erste Nudel auf die Gabel.

Erwartungsvoll blickte ich in die Runde und war überzeugt, dass mir zusammen mit Nonna ein grandioses Pastagericht gelungen war. Einen Augenblick später schnappte sich Mama ihr Wasserglas und trank es in zwei Zügen komplett leer. Ihr Gesicht glühte, und sie fächerte sich Luft zu.

„Stimmt etwas nicht?", fragte ich ein wenig befangen.

Marcello fing an zu husten, bevor er anschließend an einem Lachanfall zu ersticken drohte. Nik hatte vorsorglich nichts angerührt.

Ich kostete von meinem Essen und war vollauf zufrieden.

Nonna hingegen spuckte ihre angekauten Öhrchen zurück auf den Teller. „Acciderba! Ist das scharf!"

Nun konnte sich auch Nik ein Lachen nicht verkneifen.

„Sofia! Was hast du mit unserer Pasta gemacht?", wollte Nonna wissen.

„Ich habe nur ein bisschen nachgewürzt", sagte ich kleinlaut. Was hatten die alle nur? Mir schmeckte es ganz hervorragend. Die Nudeln waren al dente und die Soße delikat.

Meine Mutter schob den Teller von sich weg und taxierte mich besorgt. Auch Marcellos Blick ruhte auf mir.

„Dio mio! Das hätte ich fast vergessen. Mir fällt gerade ein, dass ich für morgen Abend zwei Karten für die Oper habe. Madame Butterfly." Umständlich kramte Nonna sie aus ihrer überdimensional großen Handtasche. „Aber da wir morgen in *Sofias Spaghetteria* unseren Ruhetag haben, möchte ich die Zeit nutzen, um mich auszuruhen. Die letzten Tage waren doch ein wenig viel für mich. Ich sollte mich tatsächlich ein bisschen schonen." Sie hielt mir mit treuherzigem Blick die Karten hin.

Ich seufzte. „So ein Zufall aber auch, dass du ausgerechnet zwei Karten hast, Nonna."

Meine Mutter hielt sich prustend eine Serviette vor den Mund. Die ganze Situation schien nach ihrem Geschmack.

Ich erinnerte mich daran, wie Oma heute Morgen in unser Zimmer gestürmt war und die Matratze samt Schlafsack entdeckt hatte. Sie musste etwas ahnen. Angestrengt überlegte ich, wie ich ihr Angebot höflich ablehnen konnte. Ich wollte nicht mit Nik in die Oper gehen.

Nonna schenkte mir ein unschuldiges Lächeln.

„Ich hab's eigentlich nicht so mit der Oper, Nonna", gestand Nik.

„Kein Problem. Ich gehe gerne hin", bot Marcello sofort in seiner charmanten Art an. Mama warf ihm einen seltsamen Blick zu.

„Danke. Das wird nicht nötig sein!", rief Nik in diesem Moment und riss Nonna die Karten förmlich aus der Hand. „Ich begleite meine Frau schon selbst!"

Mama klopfte ihm anerkennend auf die Schulter. Jetzt fehlte nur noch der Applaus. Marcello hingegen verzog keine Miene, und ich fragte mich, was in ihm vorging.

Nonna nickte zufrieden. „Da wir das geklärt haben, machen wir uns langsam an die Arbeit. Presto! Oder möchte noch jemand was anderes zum Essen?" Sie klatschte in die Hände, als niemand was sagte. „Es gibt viel zu tun. Für den heutigen Abend sind alle Tische reserviert."

Ich war froh, dass Mama und Marcello mir auch heute wieder ihre Hilfe angeboten hatten. In den nächsten Tagen würden sich ein paar Bewerber vorstellen, und da Tine einige von ihnen persönlich kannte, war ich ganz zuversichtlich, dass wir gutes Personal finden würden.

Unauffällig musterte ich meinen Mann immer wieder von der Seite. Wie so oft war ich versucht, ihm eine seiner schwarzen Haarsträhnen aus dem Gesicht zu streichen, ließ es aber sein. Ich fragte mich, ob er wirklich den Abend mit mir verbringen wollte oder ob er einfach nur zu verhindern versuchte, dass Marcello mir zu nahekam. In diesem Moment fragte ich mich, ob Nik zu Anna noch Kontakt hatte.

„Cara mia?"

Ich erschrak, als meine Großmutter plötzlich hinter mir stand, während ich die schmutzigen Teller in den Geschirrspüler räumte.

„Spiele nicht mit dem Feuer, meine Liebe. Mir ist ist nicht entgangen, wie du ihm auf den Hintern gestarrt hast."

Verständnislos sah ich meine Nonna an.

„Du weißt, was ich meine. Ich habe dich gesehen. Auf der Trauerfeier deines Nonnos. Verlasse niemanden, den du liebst, für jemanden, den du gut findest. Manchmal sind die Dinge nicht so, wie sie scheinen."

Ich ärgerte mich über diese Rüge. Ich war doch kein kleines Kind mehr. Ja, möglicherweise hatte ich einen Fehler begangen. Einen Kleinen. Aber wie es schien, wusste Nonna eben doch nicht alles.

„Warum hast du ihn dann überhaupt mitgebracht?", zischte ich angesäuert. Doch Nonna ignorierte meinen Vorwurf, ließ mich ohne ein weiteres Wort stehen und machte sich wieder an die Arbeit. Leicht zitternd, atmete ich tief durch und fragte mich, wie man es schaffen konnte, sich selbst in eine solch missliche Lage zu manövrieren.

***

Am nächsten Tag stand ich unschlüssig vor meinem Kleiderschrank, während Nik noch in der Stadt unterwegs war. Mit der Oper konnte ich genau so wenig anfangen wie er. Doch ich wollte meiner Großmutter den Gefallen tun. Immer wieder fragte ich mich, ob Nonna einen Verdacht hegte, dass mit unserer Ehe etwas nicht stimmte.

Meine Wahl fiel schließlich auf das schwarze Kleid, welches auf den ersten Blick eher schlicht wirkte. Der tiefe Rückenausschnitt ließ es auf den zweiten jedoch besonders wirken.

Kritisch drehte ich mich vor dem Spiegel hin und her. Mein Blick wirkte müde, und das Kleid saß ungewohnt eng. Trotzdem war ich mir sicher, dass es seine Wirkung nicht verfehlen würde. Auf einer Feier von Niks Firma hatte ich es zum ersten Mal getragen. Aber das war lange her.

Nervös trat ich ans Fenster und zeichnete gedankenverloren Kreise auf die Scheibe. Ob er sich an diesen Abend erinnern konnte?

Nik hatte seit einem knappen Jahr als angestellter Mediengestalter gearbeitet. An jenem Tag sollte ich seine Kollegen und Freunde kennenlernen, ebenso Niks Chef.

„Du brauchst nicht aufgeregt zu sein, Sofia. Du wirst sehen, die anderen sind ganz in Ordnung." Nik strich mir beruhigend über den Arm. Als wir die Begrüßung und den Small Talk sowie das Essen hinter uns gebracht hatten, zog er mich in die kleine Gartenlaube, die etwas versteckt neben dem Anwesen seines Vorgesetzten lag.

„Du siehst so sexy aus", raunte er, zog mich an sich und presste seine Lippen auf die meinen. Mit den Fingern fuhr er die nackte Haut meines Rückens entlang, was mir Gänsehaut am ganzen Körper bereitete. Zu diesem Zeitpunkt waren wir noch keine drei Monate zusammen, und alles war noch ganz frisch, jeder Kuss und jede Berührung unglaublich aufregend.

„Ich glaube, wir sollten langsam nach Hause gehen." Nik grinste mich verschwörerisch an.

Allein bei dem Gedanken, mit ihm zu schlafen, spürte ich die Schmetterlinge in meinem Bauch Loopings fliegen. Ich hatte nicht genug von ihm bekommen können. Von seinen Händen, seinen Küssen, seinen Berührungen … Ich hatte jeden einzelnen Augenblick damals mit einer Intensität empfunden, für die ich keine Worte fand.

Mein Handy vibrierte auf der Kommode. Anscheinend hatte mir jemand eine Nachricht geschickt. Ich schnappte mir mein Telefon und strich hektisch über das Display. Ob Nik es sich anders überlegt hatte?

Pack dir warme Klamotten in eine Tasche.
Nik

Was er wohl vorhatte?

Erleichtert, weil er unsere Verabredung nicht abgesagt hatte, kämmte ich meine Haare und nahm sie zu einem lässigen Knoten zusammen, entschloss mich dann aber doch dazu, sie offen zu tragen. Mein Date mit Nik würde also stattfinden, und mein Herz raste vor Aufregung. Ich holte einen dicken Pullover aus dem

Schrank und warf ihn zusammen mit einer Jeans und einem Paar Wollsocken in meine riesige Handtasche. Und da waren sie wieder, die Schmetterlinge.

Nik

„Wow, du siehst umwerfend aus!" Ich hielt den Atem an und
fragte mich, wann Sofia sich das letzte Mal für mich so in Schale
geworfen hatte.

Zuletzt waren wir beide gefangen in unserem Alltag gewesen,
froh, wenn ich die Socken und sie ihren Schlafanzug mit den
Teddybären obendrauf auszogen, wenn wir miteinander schliefen.
Wobei … wenn ich es genau bedachte, hatte sie doch schwerere
Geschütze aufgefahren, als sie sich ein Baby in den Kopf gesetzt
hatte. Doch selbst an ihren aufreizenden Dessous hatte ich
irgendwann den Spaß verloren. Denn es ging nicht mehr darum,
einander nahe zu sein, sondern immer um den Druck, möglichst
dabei ein Kind zu zeugen.

Doch jetzt konnte ich die Augen kaum von ihr abwenden
und hielt kurz inne, um Luft zu holen. Der Träger ihres Kleides
war ein Stück von ihrer Schulter hintergerutscht und gab den
Blick auf ihr Schlüsselbein frei. Das Lied „Sweetest Thing" kam
mir in den Sinn. Sofia sah immer bezaubernd aus, aber an diesem
Abend war sie wunderschön.

Ihr Lächeln löste ein vertrautes Gefühl in mir aus. Was ich
für diese Frau empfand, war Zärtlichkeit.

Sofia deutete unauffällig auf ihre große Handtasche und
zwinkerte mir verschwörerisch zu.

Nonna warf ihrer Enkeltochter einen anerkennenden Blick zu, bevor sie sich verabschiedete und uns viel Spaß wünschte. Ich war erleichtert, als wir endlich das Haus verließen. Zuvor, als ich mit Sofias Großmutter in der Küche gesessen hatte, um auf meine Frau zu warten, fühlte es sich an, als würden wir gleich auf unseren Abschlussball gehen. Es hätte nur noch gefehlt, dass Nonna darauf bestand, Fotos von uns zu knipsen.

Von dem Italiener fehlte jede Spur, was ich fast ein wenig schade fand. Zu gerne hätte ich seinen Gesichtsausdruck gesehen, als ich Sofias Hand nahm und sie es geschehen ließ. Ob er wohl eifersüchtig gewesen wäre? Langsam fühlte ich mich in meinem eigenen Zuhause eingeengt und fragte mich, ob es an Marcello lag, der, wie ich fand, viel zu oft mit Sofia flirtete, oder an Nonna, die uns häufig alle herumkommandierte und für ihren kürzlich erlittenen Herzinfarkt erstaunlich fit wirkte. Andererseits sollte ich für unseren italienischen Besuch dankbar sein. Denn ohne ihn hätte ich Sofia längst verloren.

Gerade hatte ich die Haustür hinter uns zugemacht, als ich Sofia noch einmal unauffällig von der Seite her anstarrte. Ihre hellbraunen Haare glänzten in der Abendsonne, und ihr vertrauter Vanilleduft strömte mir entgegen. Ich fragte mich, ob sie das Kleid, welches sie unter ihrem Mantel trug, bewusst gewählt hatte. Um mir zu gefallen. Und weil sie es an einem besonderen Abend vor einigen Jahren schon mal getragen hatte.

Der Gedanke gefiel mir. Mir entging nicht, dass Sofia zitterte. Trotz ihres Mantels und des dicken Schals, den sie sich in mehreren Schichten um den Hals gewickelt hatte, schien sie zu frieren. Auch ihre Schuhe, die so aussahen, als würden sie ihre Zehen zerquetschen, waren für so einen kalten Abend nicht geeignet.

Sofia zog mich am Ärmel. „Und jetzt? Was hast du vor?"

Täuschte ich mich, oder klang ihre Stimme ein kleines bisschen aufgeregt?

„Das verrate ich dir später. Zuerst müssen wir uns umziehen. Ich habe meine Sachen drüben im Schuppen deponiert."

Sofia folgte mir. Nervös schloss ich die Tür zu dem kleinen Gartenhäuschen auf und warf noch einmal einen Blick in Richtung Fenster. Zum Glück hatte Nonna inzwischen die Vorhänge zugezogen. Es hätte noch gefehlt, wenn sie uns erwischt hätte. Schließlich hatten die Karten sie ein kleines Vermögen gekostet, wie sie nicht müde wurde, zu betonen. Logenplätze und so.

Ich schaltete die Taschenlampe ein, die ich hinter einem Regal aufbewahrte und zwängte mich zwischen diverse Gartengeräte. Schnell tauschte ich meinen Anzug gegen eine Jeans und einen dicken Wollpullover.

Sofias Zähne klapperten vor Kälte, als sie sich aus ihrem Kleid schälte. Mein Blick wanderte begehrlich über ihren halbnackten Körper. Ich rang um Beherrschung. Am liebsten hätte ich sie in meine Arme gerissen, sie geküsst und mich in ihr verloren.

„Fertig!", sagte sie schließlich zufrieden. „Und jetzt? Ich nehme an, wir gehen nicht in die Oper?"

Ich grinste und schüttelte den Kopf. Ich genoss Sofias Lachen, welches ich viel zu lange nicht mehr gehört hatte. Daraufhin herrschte ein kurzes Schweigen, weil ich nicht so recht wusste, worüber wir uns unterhalten konnten, ohne dass unser Gespräch in einem Streit endete, und es Sofia wahrscheinlich ebenso ging.

Wir schlenderten zur Bushaltestelle, die zwei Straßen entfernt von uns lag. Ich blickte über die Donau. Die untergehende Sonne tauchte den Himmel in ein warmes Orange. Eigentlich mochte ich diese Mischung aus sonnigem Himmel und der kalten Herbstluft. Doch zugleich versetzte mich dieses Schauspiel in eine wehmütige Stimmung. Sie machte mir bewusst, wie vergänglich alles war, und mit einem Mal fühlte ich mich schrecklich verletzlich. Was, wenn Sofia mir niemals verzeihen würde?

Mir wurde ein wenig flau im Magen.

„Glaubst du, dass Nonna Verdacht geschöpft hat?" Es war schwer, festzustellen, wie viel ihre Großmutter tatsächlich wusste.

„Nonna hat mich erwischt, wie ich heute Morgen gerade dabei war, den Schlafsack unter dem Bett verschwinden zu lassen. Und zufälligerweise hatten wir kurz darauf die Karten für heute Abend in der Hand." Sie sah mich an. Ihre Nase und die Wangen waren von der Kälte gerötet. „Ich denke, sie ahnt, dass wir … Schwierigkeiten haben."

Natürlich wusste Nonna von unseren Problemen. Ich selbst hatte ihr davon erzählt. Doch von unserer Scharade durfte sie eigentlich nichts wissen. Ich fand, dass Sofia und ich vor den anderen unsere Rolle ganz überzeugend spielten.

Als unser Bus wenig später vor der Donauarena hielt, schaute Sofia mich ungläubig an. „Du gehst mit mir zum Eislaufen?"

„Mhmm …" Ich nickte und war mir in dem Moment nicht mehr sicher, ob das so eine gute Idee gewesen war. Als wir noch ein richtiges Paar waren, hatte Sofia sich das so oft gewünscht, doch ich hatte mich immer dagegen gewehrt. Ich mochte keine Sportarten, bei denen ich nicht auf meinen eigenen Beinen stehen konnte. Also fielen Inlineskaten, Skifahren und somit auch Schlittschuhlaufen für mich weg.

Für einen frühen Dienstagabend war ganz schön was los. Die vielen Menschen auf der Eisfläche trugen nicht gerade zu meiner Beruhigung bei. Nachdem wir uns passende Schlittschuhe ausgeliehen hatten, stürzte Sofia sich begeistert auf das Eis und drehte ihre erste Runde. „Ich wärm mich nur mal kurz auf", rief sie zu mir herüber. Sie wirbelte auf der glatten Fläche herum, und die Füße überkreuzt, schwebte sie in einer gleichmäßigen Zickzacklinie über das Eis.

Ich hatte diese Dinger mit den Kufen unten dran so fest zugebunden, dass es mir meine Blutgefäße abschnüren musste. Vorsichtig hangelte ich mich an der Bande entlang, traute mich jedoch nicht loszulassen. Zwei Mädchen mit blonden Zöpfen deuteten kichernd mit dem Finger auf mich.

„Nun komm schon, Nik!" Sofia glitt anmutig an mir vorbei, drehte um und blieb schließlich vor mir stehen. „Willst du dich an mir festhalten?", fragte sie belustigt.

„Das wäre für den Anfang vielleicht ganz gut." Ich stützte mich auf Sofias Arm.

„Stell dir einfach vor, dass du es kannst. Stell dir vor, dass du wie ein Profi über das Eis gleitest. Und nicht kippeln!"

Das war leichter gesagt als getan. Für meinen Geschmack entfernten wir uns viel zu weit von der Bande. Doch als ich Sofias Hand in meiner spürte, vergaß ich für einen kurzen Moment meine Angst. „Ich kann es! Ich laufe tatsächlich auf Schlittschuhen!"

Einen Augenblick später taumelte ich rückwärts, fiel hin und riss Sofia mit mir zu Boden. Ich fiel auf meinem Allerwertesten, während Sofia auf meinen Füßen landete.

„Alles okay? Hast du dir wehgetan?", fragte sie besorgt, als sie von mir herunterkletterte.

Ich stand auf und wischte meine feuchten Hände an der Jacke ab. Dabei verlor ich sofort wieder den Boden unter den Füßen. Sofia hatte sichtlich Mühe, sich ein Lachen zu verkneifen.

„Mir geht's gut", murrte ich. Doch die Lust aufs Eislaufen war mir gründlich vergangen. „Was hältst du von einem Kaffee?"

Sofia

Gegen meinen Willen musste ich zugeben, dass mir das unbeschwerte Zusammensein mit Nik gefiel. Wir sprachen über Nonna, die sich in der Spaghetteria sehr wohlfühlte, über Tine und Olivers Hochzeit und auch über so manche glückliche Tage, die wir gemeinsam verbracht hatten. Nur die Reizthemen Anna und Marcello versuchten wir, tunlichst zu vermeiden.

Ich kämpfte gegen mein Herzklopfen an, das sicher nicht von dem schlechten Kaffee kam, den sie hier verkauften, und wünschte mir, meine tiefen Gefühle für Nik würden sich endlich zum Teufel scheren. Denn dann würde ich nicht mehr so verdammt verletzlich sein. Gleichzeitig wollte ich diesen Abend in vollen Zügen genießen. Denn wer wusste schon, was auf uns zukommen würde, wenn Nonna wieder abreiste. Wie gerne hätte ich ihm klargemacht, dass der Kuss mit Marcello nichts zu bedeuten hatte, und wie leid mir das alles tat. Ich hatte Trost gesucht und den falschen Weg dafür gewählt. Doch ihm das zu sagen, brachte ich gerade nicht über mich.

Schnell schob ich diesen Gedanken wieder beiseite. „Warum hast du das gemacht?"

Nik sah mich an, als würde er meine Frage nicht verstehen. „Was meinst du?"

„Na ja …" Ich umklammerte mit den Händen meinen Kaffeebecher. „Warum bist du mit mir gerade hierhergegangen? Zum Eislaufen?"

Nik atmete tief durch, fuhr sich nervös durch die Haare und nahm dann einen Schluck Kaffee. „Ich wollte dir damit einfach eine Freude machen, Sofia." Sein Blick war so eindringlich, als wollte er mir tief in die Seele schauen. Dass er mir eine Freude machen wollte, sagte doch sehr viel, nicht wahr? Mein dummes Herz wummerte, und ich wollte diesen Moment genießen. Doch irgendwie gelang mir das so ganz und gar nicht.

„Warum hast du mit Anna geschlafen?", platzte es aus mir heraus.

Nik sog scharf die Luft ein. Mit dieser Frage hatte er in dem Augenblick wohl nicht gerechnet. „Ich dachte, du willst nicht darüber reden?"

„Es ist nur fair, wenn du endlich die Chance bekommst, es mir zu erklären."

Er nickte. „Mir ist klar, dass ich einen schlimmen Fehler gemacht habe, Sofia. Aber es war die letzte Zeit nicht einfach mit dir." Nik seufzte und sah mir direkt in die Augen. „Ständig hast du mich kritisiert, oder … wenn du mit mir schlafen wolltest, dann hast du immer mit diesem blöden Thermometer vor meiner Nase herumgefuchtelt. Wir konnten uns gar nicht mehr richtig unterhalten. Immer hat sich alles um deinen Kinderwunsch gedreht, und wenn es das nicht war, dann gab es Stress in der Spaghetteria. Anna hat ihre Chance gesehen, und ich … ich bin zu schwach gewesen, um …" Nik sah betreten zu Boden und zerzauste mit den Händen sein Haar.

Ich schluckte schwer. Leider hatte er nicht ganz unrecht. „Mir war nicht klar, dass du so empfindest. Ich bin an unseren Problemen wohl auch nicht ganz unschuldig. Aber ich wünschte wirklich, du hättest eine andere Lösung gefunden und mich nicht mit Anna betrogen."

Mit einem Mal wirkte er völlig niedergeschlagen. Der Abend drohte, sich in eine komplett falsche Richtung zu entwickeln. Dabei hatte ich ihm gar keine Vorwürfe machen wollen, nachdem er sich heute so viel Mühe gegeben hatte. Also wechselte ich schnell das Thema.

„Erinnerst du dich eigentlich noch an den ersten Abend in unserem Haus, als die Feuerwehr angerückt war?" Ich musste lachen, als ich an diesen Augenblick zurückdachte, und Nik stimmte glücklicherweise mit ein, auch wenn ich nicht wusste, ob es so geschickt war, über unser vergangenes Liebesleben zu reden.

Doch es schien zu wirken. Denn wir verstanden uns zum ersten Mal seit Langem wieder richtig gut.

Nachdem wir noch gefühlt Stunden miteinander geplaudert hatten, wie schon lange nicht mehr, nahmen wir den letzten Bus, der um diese Uhrzeit noch in unsere Richtung fuhr. Auf dem Nachhauseweg schlug die Stimmung zwischen uns beiden um. Unsicher griff er nach meiner Hand, und ich ließ es zu, ohne zu protestieren. Ich spürte die Schmetterlinge in meinem Bauch aufsteigen, genau wie früher, als wir frisch verliebt ineinander gewesen waren.

Nik zog mich hinter sich die Treppe hoch. Im Haus war es gespenstisch still. Ich fühlte mich wie ein ungezogener Teenager, der heimlich nachts seinen Schwarm ins Kinderzimmer zu schmuggeln versuchte. Kichernd hielt ich mir die Hand vor den Mund. Schließlich wollte ich niemanden wecken.

Doch Marcello war offenbar nicht da, denn die Couch schien unberührt. Wo er wohl den ganzen Tag steckte?

Ich hatte nicht damit gerechnet, dass es bei uns so spät werden würde. Doch der Abend hatte sich als sehr angenehm entpuppt, und mit einem Mal fühlte ich mich furchtbar verlegen. Ich spürte die Hitze auf meinen Wangen. Das letzte Mal, als so ein Knistern zwischen uns in der Luft gelegen hatte, schien eine Ewigkeit her zu sein.

Gerade wollte ich mich meiner lästigen Strumpfhose entledigen, als Nik mich an sich zog.

„Sofia", raunte er, „du kannst dir nicht vorstellen, wie sehr mir das hier gefehlt hat."

Er küsste zärtlich meinen Hals, und ich ließ es geschehen. Geschickt wanderten seine Hände meinen Rücken entlang, zogen mir den dicken Pullover über den Kopf und ließen ihn zu Boden gleiten. Ich ließ mich – nur noch mit BH, Slip und Strumpfhose bekleidet - rückwärts auf das Bett fallen, in dem wir uns in unseren guten Zeiten so oft leidenschaftlich geliebt hatten. Nik streckte seine Hände nach mir aus und umfasste meine Taille. Er zog mich eng an sich, und seine Finger wanderten tiefer. Ein wohliger Seufzer entfuhr meiner Kehle. Seine Lippen streiften meine und fühlten sich immer noch vertraut an. Nik schenkte mir ein träges Lächeln, als er die Knöpfe seiner Hose öffnete und mich erneut küsste.

***

„Hey, wo gehst du hin?" Genüsslich streckte ich meine Hand nach ihm aus.

Nik hauchte mir einen zarten Kuss auf die Stirn. „Ich bin gleich wieder da", murmelte er und verschwand im Badezimmer.

Ich lächelte glücklich bei dem Gedanken an das, was wir gerade alles miteinander getan hatten. Immer noch spürte ich seine Hände überall auf meinem Körper, fühlte seine Küsse auf meiner Haut, und ich hatte noch lange nicht genug.

Wohlig rekelte ich mich auf dem Bett und kickte die Decke zur Seite. Mir war heiß.

Ein fieses Geräusch riss mich aus meiner Träumerei. Ich fischte Niks Handy aus seiner Hosentasche, da es nicht aufhören wollte, zu klingeln. Empört fragte ich mich, welcher Idiot um eine solche Uhrzeit anrief, und erschrak, als ich Annas Namen auf dem Display las. Also hatte er ihre Nummer immer noch eingespeichert. Warum?

Im ersten Moment wollte ich sie wegdrücken. Doch dann gewannen meine Neugierde, aber auch meine Unsicherheit, was sie und Nik betraf, die Oberhand. Ob Nik sich immer noch mit ihr traf? Aber was sollte das dann zwischen uns sein? Ein dicker Kloß brannte in meinem Hals. Ich musste Gewissheit haben.

„Hallo?" Meine Stimme klang wackelig.

Für einen kurzen Moment herrschte eisige Stille am anderen Ende der Leitung.

„Ich muss mit Nik sprechen. Ist er da? Es ist dringend."

„Er ist unter der Dusche." Am liebsten hätte ich ihr auf die Nase gebunden, dass wir gerade unglaublich großartigen Sex gehabt hatten. „Ich glaube außerdem nicht, dass er dir etwas zu sagen hat!" Ich gab mir keine Mühe, die Wut in meiner Stimme zu verbergen. Meine Hände zitterten, und ich war froh, dass Anna dies nicht sehen konnte.

„Ich bin schwanger."

Ich war dermaßen geschockt, dass ich das Handy in die Ecke feuerte und es aus sicherer Entfernung entsetzt anstarrte. Sie war schwanger? Von ihm etwa? Warum sollte sie ihn sonst anrufen? Hatte Nik Anna doch wieder getroffen? So viele Fragen schossen mir plötzlich durch den Kopf, und doch konnte ich keinen einzigen klaren Gedanken fassen.

„Oh Gott, nein!", murmelte ich entsetzt, während mein Gehirn verzweifelt nach einem Ausweg aus dieser Misere suchte. Wie hatte ich ihm nur wieder vertrauen können, ihm verzeihen können, was er mir angetan hatte?

Ich musste hier raus, bevor Nik sich zurück zu mir ins Bett kuscheln konnte. Schnell riss ich meine Handtasche vom

Nachttisch, schnappte mir eine Jogginghose, die ich ein paar Tage zuvor glücklicherweise achtlos über den Stuhl geworfen hatte, und zog mir einen Pullover von Nik über den Kopf, weil ich keine Zeit verlieren wollte. Mit Tränen in den Augen und einem gebrochenen Herzen zog ich die Schlafzimmertür hinter mir zu und stürmte hinaus.

Vor dem Haus, in dem meine Mutter wohnte, blieb ich schwer atmend stehen. Den ganzen Weg durch die halbe Stadt war ich gerannt. Ich sah, dass bei ihr oben noch Licht brannte. Also musste sie wach sein. Wie gerne wollte ich mich jetzt in ihre Arme werfen und mich von ihr trösten lassen und hören, dass alles wieder gut werden würde. Gerade, als ich Richtung Haustür gehen wollte, erkannte ich ihre Silhouette am Fenster und bemerkte, dass sie nicht allein war. Es sah aus, als würde sie jemanden küssen. Wie konnte das sein? Hatte meine Mutter eine heimliche Affäre, von der ich nichts wusste?

Sofia

„Sofia?" Oliver, der einen ausgewaschenen Schlafanzug trug, schien mehr als überrascht, als ich mitten in der Nacht mit verstrubbelten Haaren und verschmierter Wimperntusche vor seiner Haustür stand. Er blinzelte. Wahrscheinlich hatten er und Tine längst geschlafen. Dass ich ihr Haus heil erreicht hatte, war reines Glück, da ich während der ganzen Zeit nur am Weinen gewesen war. Ich hätte mir lieber ein Taxi nehmen sollen, statt nachts alleine durch die Stadt zu laufen.

Ich ignorierte das penetrante Klingeln meines Handys in der Handtasche. Als ich mich nicht rührte, zog Oliver mich am Ärmel ins Haus, führte mich in die Küche und rief nach Tine, die kurz darauf ebenfalls erschien. Traurig und verwirrt ließ ich mich auf das Sofa fallen und sagte kein Wort. Meine Freunde beratschlagten derweil, was sie mit mir anfangen sollten. Oliver stupste Tine in die Seite und deutete in meine Richtung, als ich mich gerade auf der Couch zusammenrollte und hemmungslos vor mich hin schluchzte.

„Ich rufe besser Nik an und sag ihm Bescheid, dass sie hier ist."

Ich wollte protestieren, konnte aber nicht. Tine nickte und stellte kurz darauf eine große Tasse heiße Schokolade mit einem ordentlichen Klecks Sahne vor mir auf den Couchtisch. Ich war dankbar, dass es nicht der übliche Espresso war. Das hätte mein Magen jetzt nicht verkraftet.

Heulend warf ich mich in die Arme meiner Freundin. Es war gut, dass sie keine Fragen stellte. Denn ich wusste nicht, was ich hätte antworten sollen, sondern nur, dass jetzt endgültig alles vorbei war.

Nik und Anna!

Sie würden ein Kind miteinander bekommen!

Das Kind, welches meins hätte sein sollen. Meins und Niks!

Immer wieder entfuhr mir ein lauter Schluchzer, und ich wischte mir mit dem Ärmel den Rotz von der Nase. Ich war kreuzunglücklich, und in meinem Kopf hörte ich immer wieder Annas Stimme, sah gleich darauf Nik und mich, wie wir uns leidenschaftlich liebten. Es hatte sich so gut, so richtig angefühlt, als hätten wir alles wieder dorthin gerückt, wo es hingehörte.

Kurz wanderten meine Gedanken zu Marcello. Ich hätte mich auf Opas Trauerfeier nicht so gehen lassen dürfen. Doch eigentlich hatte ich Nik ja nicht betrogen, oder zählte ein Kuss als Betrug?

Wahrscheinlich sollte ich mir überlegen, ob es nicht besser war, Nonna endlich die Wahrheit zu sagen. Mit Nik zusammen im Haus zu leben, war doch nichts weiter als ein erniedrigendes Schmierentheater. Dabei hatte ich – wie mir jetzt schmerzlich klar wurde - in Wahrheit und trotz Niks Ehebruch gehofft, dass es doch noch ein Happy End für unsere Liebe geben würde.

Doch jetzt schien das unmöglich. Ich fühlte mich mit einem Mal furchtbar zerbrechlich, wie eine eifersüchtige und verschmähte Ehefrau, und mir wurde übel, als ich erkannte, dass ich genau das war.

***

Tine und Oliver waren am nächsten Morgen bereits unterwegs, da sie beide im Laden arbeiten mussten. Glücklicherweise hatte ich so das Haus für mich allein, als ich aufwachte. Fast die ganze Nacht hatte ich mich auf der Couch hin und her gewälzt und war erst in den frühen Morgenstunden eingeschlafen. Nicht einmal meiner besten Freundin hatte ich erzählen wollen, was genau passiert war.

Erschöpft von den unendlich vielen Tränen und der fast schlaflosen Nacht, kippte ich etwas von dem Kaffee, den meine Freunde übrig gelassen hatten, in eine Tasse und nippte daran. Ich zog fester als nötig an den Bändern meiner Jogginghose und strich mit der Hand über meinen Bauch. Der ganze Kummer schlug mir nun schon seit Wochen auf den Magen.

Mutlos beäugte ich mein Spiegelbild, welches mir niedergeschlagen entgegenblickte. Unglaublich. Nik hatte mich zum zweiten Mal meisterhaft verarscht! Und ich dumme Kuh hatte wirklich gedacht, dass er mich noch liebt.

Ich war wütend auf mich selbst, weil ich gestern mit ihm geschlafen hatte und mich somit noch verletzlicher gemacht hatte. Der kleine Funken Hoffnung war zu einem großen Feuer herangewachsen und dann abrupt mit eiskaltem Wasser gelöscht worden.

Als ich das Fenster aufriss, strömte mir kalte Luft entgegen. Ich atmete ein paar Mal tief ein und aus, was meinen müden, schmerzenden Kopf etwas klärte. Erst spielte ich mit dem Gedanken, mir ein ausgiebiges Frühstück zu gönnen, entschied mich jedoch dagegen, als mein Magen schon wieder rebellierte und ich es glücklicherweise gerade noch rechtzeitig ins Badezimmer schaffte.

Wie sehr sehnte ich mich nach einem Tag auf dem Sofa mit einem Stapel Zeitschriften, einer Kanne Tee und Mädchentratsch mit Tine, der mich für diese Zeit alle meine Sorgen vergessen lassen würde. Doch meine Freundin war nicht da, und allein hielt ich es hier nicht länger aus.

Ich beschloss, mich auf den Weg in meine Spaghetteria zu machen, ein paar neue Rezepte auszuprobieren und meinen Problemen beim Kochen zu trotzen. Das musste langsam wieder besser werden. Schließlich sollte der Laden auch dann noch laufen, wenn Nonna wieder zurückfuhr. Und außerdem war es doch mein Herzenswunsch gewesen, eine eigene, gut gehende Spaghetteria zu haben.

Meine Haare hatte ich nur notdürftig mit den Händen durchgekämmt und mit meinem Zeigefinger und Tines Zahnpasta mir die Zähne geputzt. Ich hatte mir nicht die Mühe gemacht, vorher nach Hause zu gehen, um mich umzuziehen und alltagstauglich herzurichten. Denn weder wollte ich Nik über den Weg laufen, noch mich mit Nonna oder Marcello unterhalten müssen, die es bestimmt brennend interessierte, was los war. Die Ereignisse hatten eine grausige Wendung für mich genommen, und am liebsten hätte ich mit der blanken Faust ein Loch in eine Wand geschlagen. Ich zitterte am ganzen Körper, und schon wieder traten mir Tränen in die immer noch brennenden Augen.

In der abgewetzten Jogginghose und Niks Pullover stand ich kurz darauf mit entsetztem Ausdruck im Gesicht vor dem Lokal und musterte mit zusammengekniffenen Augen das Schild vor meiner Spaghetteria.

Zuerst dachte ich, ich stünde vor dem falschen Restaurant. Mein Gesicht glühte. Statt *Sofias Spaghetteria* prangte ein neues Schild mit der Aufschrift *Biasinis* oberhalb der Eingangstür. Im ersten Moment wusste ich nicht, was ich davon halten sollte. Jede Minute, die ich länger hier stand, kam mir wie eine Ewigkeit vor, also riss ich entschlossen und mit aller Kraft die Tür auf.

„Dio mio! Cara mia, was machst du denn hier? Und wie siehst du überhaupt aus?"

Nonna zuckte erschrocken zusammen, und auch der Rest der Bande machten einen Gesichtsausdruck, als hätte ich sie auf frischer Tat ertappt. Was gewissermaßen ja auch stimmte. Jetzt war ich noch wütender als zuvor. Nik, Mama und Marcello steckten mit meiner Großmutter ganz offensichtlich unter einer Decke.

„Was ich hier mache? Die Frage ist doch, was ihr hier zu suchen habt!" Ich ließ meinen Blick durch den Raum schweifen und konnte nicht fassen, dass alles so anders aussah. Auf eine verdammt gute Art und Weise, was ich allerdings nicht gleich zugeben wollte.

Sie hatten die Tische umgestellt, und Marcello war gerade dabei, die Wand hinter der Theke in einem dunklen Rostrot zu streichen. Ich hatte Mühe, das flaue Gefühl in meiner Magengegend zu unterdrücken, und kämpfte gegen die Tränen.

„Deine Großmutter wollte dich überraschen und die Spaghetteria ein wenig verändern." Marcello legte beschwichtigend seine Hände auf meine Schulter, so, als wäre hiermit alles geklärt. Farbe tropfte ihm von seinem Haar auf die Stirn. Aus den Augenwinkeln sah ich, wie Nik ebenfalls auf mich zugehen wollte, dann aber zögerte, als Marcello ihm zuvorkam.

„Nonna! Ma cosa ti è venuto in mente? Was hast du dir dabei gedacht? Du kannst doch nicht einfach mein ganzes Leben auf den Kopf stellen, ohne mich zu fragen!" Irgendwie klang ich ziemlich hysterisch, aber das Gefühl in mir war kaum zu beschreiben. Einerseits freute ich mich über ihre Überraschung, und gleichzeitig ärgerte ich mich, weil niemand mich um meine Erlaubnis gefragt hatte.

Der Blick meiner Großmutter wechselte von besorgt über mitfühlend und liebevoll zu grimmig. „Mamma mia, Sofia. Ich habe es nur gut gemeint. Schau, du brauchst hier Hilfe, und es würde nicht schaden, wenn du das endlich zugeben würdest, Kind."

Für einen Moment herrschte Stille.

„Questi sì che sono problemi", fügte Nonna leise hinzu.

Marcello konnte sich ein Lächeln nicht verkneifen, was das Fass bei mir zum Überlaufen brachte.

„Ich habe Probleme? Nonna, die hätte ich vielleicht nicht, wenn du dich aus meinem Leben heraushalten würdest!" Kaum ausgesprochen, bereute ich schon wieder, das gesagt zu haben. Ich wusste, sie meinte es nur gut. Aber nun waren die Karten auf dem Tisch.

Tränen stiegen meine Kehle hoch, mein Körper begann zu beben, und ich fegte wütend mit der Hand ein Glas von der Theke, das am Boden in Tausend Einzelteile zersplitterte.

Meine Großmutter fasste sich theatralisch mit der Hand ans Herz und atmete schwer. Noch nie hatte ich es gewagt, so mit ihr zu sprechen, und mit einem Mal überkam mich ein schlechtes Gewissen, zumal ich nicht an ihr schwaches Herz gedacht hatte. Wahrscheinlich sollte ich ihr lieber dankbar sein, was ich irgendwie sicher auch war. Doch ich hätte mir gewünscht, wenigstens gefragt und in alle Entscheidungen mit einbezogen worden zu sein. Denn das Lokal gehörte mir, es war mein Baby!

„Komm mit, Sofia, lass uns einen Espresso trinken." Nik zog mich in die Küche.

Eigentlich wollte ich protestieren, seine Hand an meinem Arm wegschlagen, doch dafür fühlte ich mich gerade viel zu erschöpft.

„Oder möchtest du lieber etwas Stärkeres? Einen Grappa zum Beispiel?" Nik lächelte aufmunternd, doch ich erwiderte es nicht.

Er setzte sich zu mir und strich mir eine Träne aus dem Augenwinkel. „Was war denn los, Sofia? Warum bist du einfach gegangen? Es war doch ein so schöner Abend. Ich dachte eigentlich … Habe ich etwas falsch gemacht? Sag es mir, bitte." Er suchte meinen Blick, doch um ihm nicht weiter in die Augen schauen zu müssen, fingerte ich umständlich in meiner Hosentasche nach einem Papiertaschentuch.

Mein Herz wummerte wie verrückt. Als ich ihm eine Antwort schuldig blieb, wechselte er das Thema. „Nimm es Nonna nicht übel. Sie meint es doch nur gut."

Ich neigte den Kopf, sodass mir eine Strähne ins Gesicht fiel, drehte sie vorsichtig zwischen meinen Fingern und steckte sie hinters Ohr. Es gab so vieles, was ich ihm sagen wollte, doch mein Mund wollte mir nicht gehorchen. Kein einziges Wort kam über meine Lippen. Dabei drehten sich meine Gedanken wild im Kreis.

Als ich ihn kurz ansah, war der Ausdruck in seinem Gesicht schwer zu deuten, aber sehr eindringlich.

„Ich gehe nach Hause. Damit ich niemanden von euch den Hals umdrehe, muss ich zuerst meine Gedanken ordnen", sagte ich leise. Resigniert schaute ich durch die Tür in mein ehemals vertrautes Lokal, in dem nun nichts mehr aussah wie zuvor, was aber sicher insgesamt gut zu der Neuausrichtung passte.

Ich verspürte nicht das Bedürfnis, mich von Nonna zu verabschieden, und sie schien es auch nicht zu erwarten.

Ich verließ mein Restaurant, ohne das mich jemand zurückhielt. Jetzt brauchte ich dringend eine Dusche. Am besten eine Kalte.

Sofia

Tags drauf war ich immer noch ein wenig sauer auf Nonna. Doch meine sture Großmutter ließ sich davon nicht beirren.

„Cara mia, kannst du dich um die Kräuter kümmern? Ich habe sie vorhin auf das Fensterbrett gestellt." Nonna scheuchte mich durch die Küche, als wäre zwischen uns beiden nie etwas vorgefallen.

Nachdem ich mich einen Tag lang ausgeruht und über alles, was passiert war, nachgedacht hatte, meiner Oma und Nik aber so fern es möglich war, aus dem Weg gegangen war, arbeitete ich heute wieder im Lokal. Das neue Schild störte mich zwar immer noch, weil ich nicht gefragt worden war, aber *Biasinis* klang vielleicht sogar seriöser, edler und teurer als *Sofias Spaghetteria*.

„Bist du noch sehr böse auf mich?", fragte Nonna wie aus heiterem Himmel.

Ich sah ihr in die Augen, und dabei fiel mir auf, wie traurig sie in diesem Moment wirkte. Ihr Anblick rührte mich so, dass ich sie fest an mich drückte. „Ach, Nonna. Wie könnte ich dir lange böse sein?" Dabei wurde mir klar, dass ich niemals wirklich wütend auf meine Großmutter gewesen war, sondern viel mehr auf mich selbst, weil ich mein Leben nicht mehr unter Kontrolle hatte.

„Tine hat mir erzählt, dass die Leute reden, weil deine Gerichte früher so gut geschmeckt haben, und man sie im

Moment nicht mehr essen kann. Ich dachte, ein neuer Name könnte dir wieder einen guten Ruf verschaffen." Sie lächelte mich vorsichtig an.

„Du bist die Beste, Nonna …" Nun war ich ehrlich gerührt. Mir war nicht bewusst gewesen, wie viele Gedanken sie sich über meine Probleme gemacht hatte.

Meine Großmutter klatschte in die Hände und wischte sich eine Träne aus dem Augenwinkel.

„Jetzt aber wartet noch eine Menge Arbeit auf uns!", sagte sie schnell.

Mama deckte die Tische ein, während sich Marcello und Nik wieder um die Getränkelieferung kümmerten. Es half alles nichts. Heute fand das Probeessen für Tines und Olivers Hochzeit statt, und ich musste mich zusammenreißen. Ich war Nonna so dankbar, dass sie das Kochen für die Feier übernehmen würde.

Oliver schien begeistert, dass Nonna für das Essen sorgte. Zudem war er zum Dauergast bei uns zu Hause geworden, seit meine Großmutter hier war und alle bekochte.

Nik pfiff vergnügt vor sich hin und das, obwohl er und Marcello sich sonst ständig in die Quere kamen. Und ich selbst fragte mich, in welchem Theaterstück ich hier nur gelandet war.

Aber hatte ich mir das nicht alles selbst zu verdanken? Schließlich war ich zu feige, meiner Großmutter die Wahrheit über mein Leben zu erzählen, und jetzt musste ich die Konsequenzen dafür tragen. Zwischendurch hatte ich immer wieder einmal mit den Gedanken gespielt, reinen Tisch zu machen. Doch dafür war es zu spät. Jetzt würde Nonna erst richtig böse auf mich sein, wenn sie erfuhr, dass ich sie so lange belogen hatte. Aber irgendwann würde ich es ihr trotzdem sagen müssen.

Mir fiel es schwer, Niks Nähe weiter zu ertragen, vor allem nachts, wenn er mit mir im selben Raum schlief. Seit dem Abend, an dem wir Sex gehabt hatten, schlief ich wieder auf der Luftmatratze am Boden. Ich rieb mir über den Rücken. Lange würde ich es nicht mehr aushalten, auf dem harten Fußboden zu schlafen.

Immer wieder schielte ich heimlich zu Nik und fragte mich, ob er wegen Annas Schwangerschaft so gut gelaunt war. Mit keinem Wort hatten wir diese *Komplikation* bisher erwähnt, weder hatte ich ihm gesagt, dass Anna es mir erzählt hatte, noch sprach er es an.

Ein Blick auf die Uhr verriet mir, dass Tine und Oliver in einer Stunde hier sein würden. Eigentlich hatte ich vorgehabt, die beiden in die Vorbereitung mit einzubeziehen, doch Nonna hatte darauf bestanden, das Paar mit dem Menü zu überraschen. Wie immer fügten sich alle Nonnas Willen.

Sogar Tine, die Überraschungen ansonsten nicht ausstehen konnte, schien begeistert von Nonnas Vorschlag. Sie vertraute meiner Großmutter.

„Cara mia, wo bist du denn mit deinen Gedanken? Los, wir müssen noch viel erledigen." Nonna warf mir einen strengen Blick zu.

210

Ich stöhnte auf, nuschelte eine Entschuldigung, zog mir meinen Mantel an und ging hinaus in den Hinterhof, um ein wenig frische Luft zu schnappen. Ich atmete tief durch.

„Alles in Ordnung?", fragte Marcello. „Ich habe gesehen, wie du rausgegangen bist, und dachte, ich schau mal nach dir. Nervt dich deine Großmutter?"

„So in etwa." Ich räusperte mich und zwang mich zu einem Lächeln. Als ich einen Blick durch das Fenster warf, konnte ich sehen, dass Nik uns beobachtete. Hätte nicht er derjenige sein sollen, der nach mir sieht? Schließlich wollten wir für die Zeit während Nonnas Besuch das glückliche Ehepaar spielen. Doch womöglich hatte Nik nicht die Wahrheit gesagt und die Sache zwischen ihm und Anna war gar kein einmaliger Ausrutscher.

Ich umarmte Marcello und schmiegte mich an seine Schulter. „Danke, dass du für mich da bist." Ich war mir Niks Blick im Rücken völlig bewusst. Mir war egal, ob er das sah und was er darüber dachte. Auf mich nahm er schließlich auch keine Rücksicht.

Marcello wirkte überrascht. „Ich habe doch gar nichts gemacht." Lässig zuckte er mit den Schultern und versuchte, seine Befangenheit zu überspielen, bevor er sich entschuldigte und zu den anderen zurückging.

Ich hängte meinen Mantel zurück an die Garderobe, beobachtete aus den Augenwinkeln, wie meine Mutter mit Marcello tuschelte, und fragte mich, was die beiden wohl zu bereden hatten.

„Sofia?" Nik stand hinter mir.

„Was?", fragte ich genervt.

„Was ist denn bloß los mit dir? Seit dem Abend vor zwei Tagen verhältst du dich total merkwürdig."

„Denkst du wirklich, durch diesen Abend hat sich zwischen uns etwas verändert und die Sache mit Anna wäre vergessen?", zischte ich.

Nik neigte den Kopf zur Seite und musterte mich aufmerksam. „Ja, eigentlich habe ich das gedacht oder zumindest gehofft …"

Ich war überrascht von seiner Ehrlichkeit. „Tja, da hast du aber falsch gedacht."

In dem Moment beobachtete ich, wie Nonna zu uns herübersah und ihre Ohren spitzte. „Sobald Nonna abgereist ist, sind wir geschiedene Leute", flüsterte ich nur so laut, dass er es hören konnte.

Nik schluckte schwer, und ich hastete zurück zu meiner Großmutter, die ungeduldig mit dem Fuß auf und ab wippte.

„Habt ihr etwa Streit, Sofia?"

Wütend knallte ich den Deckel auf einen der Töpfe. „Alles in Ordnung! Wie immer, Nonna."

Dieses Mal war es meine Großmutter, die die Augen verdrehte.

**

„Wow, das habt ihr ja wunderbar hingekriegt." Tine bewunderte immer noch die schlichte Tischdekoration aus Blättern, Zweigen und einzelnen Teelichtern, mit der sich meine Mutter sichtlich Mühe gegeben hatte.

„Und das Essen schmeckt großartig", stimmte Oliver mit vollem Mund zu.

Auch ich musste zugeben, dass das Menü wirklich gelungen war, schlicht, wie Tine es sich gewünscht hatte, und trotzdem köstlich. Nonna hatte verschiedene Antipasti zubereitet, als Hauptgericht gab es hausgemachte Parpadelle mit Meeresfrüchten oder als vegetarische Alternative Tagliatelle mit Linsen und zum Abschluss eine Käseplatte und Pannacotta mit Himbeersoße. Außerdem würde es später noch Kuchen und Espresso geben.

Tine zeigte Nonna auf ihrem Handy ein Foto von sich im Brautkleid, als die Männer gerade nicht hinsahen.

„Mamma mia, Tine. Du wirst eine wunderschöne Braut sein."

„Danke. Ich bin schon so aufgeregt." Tine kicherte.

„Wollt ihr beide denn eigentlich Kinder haben?"

Meiner Mutter war Nonnas Neugierde sichtlich peinlich, und auch ich fühlte mich bei dieser Frage sehr unwohl.

Tine und Oliver tauschten einen wissenden Blick.

„Auf jeden Fall. Am liebsten hätte ich Zwillinge."

Oliver lachte, und ich sah überrascht zu ihnen hin. Ich hatte nicht gewusst, dass die beiden über Kinder nachdachten. Tine wirkte immer so cool und war Fragen dieser Art sonst geschickt ausgewichen.

„Ah, das ist schön. Kinder bereichern das Leben, nicht wahr, Francesca?" Nonna holte sich einen Nachschlag, dann sah sie mich an. „Warum braucht ihr beide eigentlich so lange dafür? Wolltet ihr nicht auch unbedingt Kinder haben?"

„Also, Mutter, bitte." Mama schien zur Abwechslung auf meiner Seite. Taktgefühl war noch nie Nonnas Stärke gewesen.

Viel Unausgesprochenes lag mit einem Mal in der Luft, und Wut kochte in mir hoch. Nik wollte gerade antworten, doch ich kam ihm zuvor.

„Keine Ahnung. Vielleicht sind Niks Spermien einfach zu langsam." Über meine spöttischen Worte musste ich irgendwie hysterisch lachen und wurde auch dann nicht rot, als keiner mit einstimmte. Ich bemerkte den verletzten Ausdruck in Niks Gesicht, hatte jedoch nicht vor, ihn zu bemitleiden.

„Jetzt reicht's mir wirklich! Ich habe keine Ahnung, was mit dir los ist, Sofia. Mir ist bewusst, dass ich einen Fehler gemacht habe, aber irgendwann muss es doch gut sein." Er warf das Besteck auf seinen Teller und marschierte hinaus.

„Vielen Dank auch, Sofia. Wie schön, dass du zur Abwechslung mal wieder nur an dich und deine Probleme denkst und nicht daran, dass es sich um die Hochzeitsvorbereitungen für deine beste Freundin handelt", tadelte Oliver mich. Ich wartete auf Schützenhilfe von Tine, doch die blieb aus.

Verlegen, aber immer noch wütend atmete ich tief ein und aus. Alle Augen ruhten auf mir. Nonna drückte meinen Arm. „Das wird schon wieder, Sofia. Vielleicht solltest du Nik sagen, dass es dir leidtut."

Und wieso bitte sollte es mir leidtun? Ich lief trotzdem nach draußen, doch von Nik fehlte jede Spur. Weder verspürte ich den Drang, ihm hinterherzulaufen, noch, mich bei ihm zu entschuldigen.

„Ich dachte, ich sehe lieber mal nach dir." Marcello hängte mir meinen Mantel über die Schultern. Ich war gerührt von seiner Besorgnis. „Francesca überzeugt deine Nonna gerade davon, dass zwischen dir und deinem Mann alles in Ordnung ist."

„Warum hast du mich eigentlich auf Opas Beerdigung zurückgewiesen?" Ich flüsterte fast, fürchtete mich vor seiner Antwort. Behutsam strich ich ihm eine Strähne aus dem Gesicht und kam ihm immer näher, bis meine Lippen fast auf seinen lagen.

Langsam hatte ich es satt, immer in der zweiten Reihe zu stehen. Aber trotz meines Eifers und der Überzeugung, dass Marcello mich gern hatte, wunderte ich mich, dass er vor meinem Annäherungsversuch zurückwich.

„Du hast dich ja schnell getröstet!" Nik hatte es sich anscheinend anders überlegt und war zurückgekommen.

Ich zuckte erschrocken zusammen, während Marcello wie immer vollkommen gelassen wirkte.

„Ich wusste, dass da was zwischen euch läuft. Und ich war so dumm, zu glauben, wir könnten über alles reden." Von unbändiger Wut ergriffen baute er sich gefährlich nahe vor Marcello auf. „Und du, du aufgeblasener Italiener? Du warst schon immer scharf auf sie, habe ich nicht recht?"

Er wartete Marcellos Antwort erst gar nicht ab, sondern schlug ihm mit der Faust direkt ins Gesicht.

Als Nik zu mir schaute, zog ich den Kopf ein. Es war merkwürdig. Denn beim Anblick der beiden hatte ich entgegen meiner Erwartung keinerlei Triumph verspürt, sondern war schockiert, weil Nik tatsächlich im Affekt jemanden geschlagen hatte. So war er nicht. Von Marcellos Seite hatte ich mit mehr gerechnet, vielleicht, dass er zurückschlug, oder einem Tobsuchtsanfall. Doch stattdessen herrschte eisiges Schweigen. Dann wandte Nik sich von uns ab und trottete davon.

Sofia

Es war Freitagabend, eine lange Woche lag hinter mir. Tine hatte für uns einen Tisch in der *Kellerbar* ergattert. Als sie mit drei Tequila in der Hand zu mir und meiner Mutter zurückkehrte, verzog ich angewidert das Gesicht.

„Es war ernst gemeint, als ich sagte, ich hätte gerne ein Wasser."

Tine stöhnte auf, machte sich jedoch erneut auf den Weg durch das Gedränge.

„Du hättest jetzt aber auch mal selbst gehen können", sagte meine Mutter, kaum dass Tine wieder zurück war.

Um den beiden nicht in die Augen schauen zu müssen, kramte ich umständlich in meiner Handtasche nach einem Kaugummi. Seit dem Probeessen für die Hochzeit vor drei Tagen hatte ich die beiden gemieden, und auch Nik, der sich nach unserem Streit bei Tine und Oliver einquartiert hatte, ließ nichts von sich hören.

Doch jetzt wollten Tine und Mama endlich wissen, was mit mir los war, und hatten auf einen Mädelsabend bestanden. Nonnas Fragen über Nik war ich bisher geschickt ausgewichen, und ihre gut gemeinten Eheratschläge ignorierte ich völlig, was bei meiner Großmutter gar nicht so einfach ging.

Zum Glück war das *Biasinis* dank ihrer Führung immer brechend voll, sodass Nonna ständig beschäftigt war. Ihr schien das erstaunlich gut zu gefallen und überhaupt keine Probleme zu bereiten. Offenbar war ihre Herzschwäche gut ausgeheilt. Ich war dankbar, dass sie mir heute einen freien Abend ermöglicht hatte.

Marcello hatte nach dem Probeessen für die Hochzeit seine Sachen gepackt, und ich fragte mich, wo er jetzt untergekommen war. Allein der Gedanke an meinen zweiten missglückten Annäherungsversuch war mir peinlich. Wie hatte ich nur so tief sinken können?

„Also, mein Schatz, was ist zwischen dir und Nik denn jetzt noch vorgefallen? Es muss doch einen Grund für dein Verhalten geben." Meine Mutter trommelte ungeduldig mit ihren Fingern auf dem Tisch herum.

Nervös ließ ich meinen Blick durch die Kneipe schweifen und seufzte resigniert, als ich feststellte, dass auch Tine mich erwartungsvoll anstarrte.

„Wo fange ich am besten an?" Um gespielte Fröhlichkeit bemüht, zwang ich mich zu einem Lächeln und wollte so tun, als sei alles nur halb so schlimm. Denn ich wusste nicht, was ich erzählen sollte. Schließlich entschied ich mich für die Wahrheit.

Mit zittriger Stimme berichtete ich den beiden von dem wundervollen Abend, an dem wir Eislaufen waren und uns so gut verstanden hatten, dass wir danach miteinander im Bett gelandet waren. Da meine Mutter mit am Tisch saß, ließ ich die schlüpfrigen Details lieber aus. Als ich von Annas Anruf erzählte, überfiel mich wieder eine unangenehme Übelkeitswelle. Ich schüttelte mich. Mama legte den Arm um meine Schultern und drückte mich. „Du Arme …"

„Wow. Das ist ja ein starkes Stück." Tines Augen weiteten sich. „Und du hast Nik nicht darauf angesprochen?"

Frustriert schüttelte ich den Kopf. Ich ging Nik aus dem Weg, obwohl ich wusste, dass ich mich kindisch verhielt. Erwachsene sprachen nun mal miteinander und versuchten so, Missverständnisse aus dem Weg zu räumen und Probleme zu lösen. Doch ich hatte schreckliche Angst vor den Konsequenzen. Ich hatte Angst, zu erfahren, dass ich Nik endgültig an Anna verloren hatte. Wobei, er trug ja schließlich die Verantwortung für sie und das Kind. Also war es doch eigentlich glasklar, dass sie die Gewinnerin in diesem Spiel war.

„Du wirkst ganz blass. Geht's dir nicht gut, Kind? Möchtest du lieber raus an die frische Luft?" Meine Mutter blickte mich besorgt an, und ich war dankbar für ihren Vorschlag. Denn ich fühlte mich tatsächlich nicht wohl.

Ein paar Minuten später beratschlagten wir uns draußen auf dem Gehsteig, welche Kneipe wir später noch unsicher machen wollten. Die Nacht war schließlich noch jung. Tine schlug einen Spaziergang am Wasser vor, so konnte ich ein wenig durchatmen, und wir hatten mehr Zeit, bevor wir uns endgültig entschieden. Obwohl es ein fürchterlich kalter Abend war, genoss ich es in diesem Moment, draußen zu sein.

„Das war noch nicht die ganze Geschichte." Verlegen räusperte ich mich und unterdrückte ein peinlich berührtes

Zusammenzucken. Denn plötzlich hatte ich das Bedürfnis, auch mein anderes Geheimnis mit meiner Mutter und Tine zu teilen. „Ich habe euch da eine Kleinigkeit verschwiegen."

Die Aufmerksamkeit der beiden war mir nun sicher. „Ich hatte etwas mit … Marcello. In Italien", verkündete ich, wobei mir die Worte nicht leicht über die Lippen kamen.

Mama blieb abrupt stehen und fasste mich am Arm. „Was genau ist dort zwischen euch beiden passiert, Sofia?" Die Stimme meiner Mutter klang ungewohnt scharf.

„Zwischen Nik und mir lief es zu diesem Zeitpunkt schon länger nicht mehr gut. Wir hatten oft Streit, und er wollte nicht mehr … mit mir schlafen. Da habe ich mich auf Opas Beerdigungsfeier Marcello an den Hals geworfen." Das laut auszusprechen, machte alles noch viel schlimmer für mich. Ich schämte mich entsetzlich.

Tine sah mich verdattert an, und meine Mutter war ausnahmsweise sprachlos.

„Ich … habe ihn geküsst." Bei diesen Worten spürte ich die Röte auf meinen Wangen. „Doch er hat mich gleich zurückgewiesen. Er wollte das nicht. Wir konnten dann aber nicht darüber sprechen, weil Nonna nach mir gerufen hat."

„Grundgütiger", murmelte Tine erleichtert und schüttelte den Kopf. „Aber dann hast du Nik ja gar nicht wirklich betrogen."

Ich zuckte mit den Schultern. „Marcello ist mit Nonna nach Deutschland gekommen. Und ich glaube …"

„… du glaubst, dass er deinetwegen hier ist", beendete Mama für mich den Satz, und ich nickte betreten.

Irgendwie war das alles ziemlich verwirrend, wenn ich bedachte, dass er zweimal vor meinen Küssen zurückgewichen war. Wie hatte ich dann nur glauben können …

„Ich habe trotz allem immer noch Gefühle für Nik und glaubte, dass Nonnas Besuch helfen könnte, dass wir wieder zueinanderfinden. Doch dann kam der Anruf von Anna … und da ist ja auch noch Marcello, der zugegeben eine echte Sahneschnitte ist …"

„Aha", entgegnete meine Mutter. Sie zitterte vor Kälte, rieb sich die Hände und pustete hinein. Mit einem Mal wirkte sie furchtbar nervös und trat von einem Fuß auf den anderen. „Es gibt da etwas, Sofia, was du besser wissen solltest."

Ich schaute auf und blickte meiner Mutter direkt in die Augen. Auch Tine schien gespannt, was sie mir zu sagen hatte.

„Marcello ist meinetwegen hier." Sie atmete erleichtert auf.

Ich stand da wie vom Donner gerührt. Wie jetzt? Was sollte denn Marcello von meiner Mutter wollen?

„Sofia, er ist nicht mit Nonna hergekommen. Erinnerst du dich an den Abend, als du mich gefragt hast, ob ich noch ausgehe? Da war Marcello längst hier. Zu diesem Zeitpunkt hat er in einem Hotel ganz in der Nähe gewohnt. Seit der Trauerfeier deines Großvaters haben wir beide eine Affäre. Er erhofft sich mehr davon. Ich wollte dir das nicht erzählen, und deshalb haben wir so getan, als würde er Nonna begleiten. Deine Großmutter weiß Bescheid. Marcello war nicht begeistert und bestand die ganze Zeit darauf, dir die Wahrheit zu sagen. Es tut mir so leid, Kind."

Es hatte die ganze Zeit in meinem Magen rumort. Mein Atem ging stoßweise. Fassungslos über das Geständnis meiner Mutter drehte ich mich zur Seite und übergab mich, wobei ich nur knapp Tines Schuhspitze verfehlte.

Ich wollte mich für Mama freuen, dass sie sich endlich wieder auf jemanden eingelassen hatte. Doch musste es ausgerechnet Marcello sein? Von ihm hatte ich meinen ersten Kuss bekommen, und zudem war er über zehn Jahre jünger als sie!

Nun waren die Karten auf dem Tisch und die Ereignisse hatten eine unerwartete Wendung genommen. Es fühlte sich an, als wollte das Universum mich für meine Risikobereitschaft bestrafen. Dieser Abend schien ganz und gar unwirklich.

Ich schluchzte lachend, und plötzlich schnürte es mir Brust und Kehle zu. Panik machte sich in mir breit, meine Wangen wurden heiß, und Magensäure schoss blitzartig nach oben. Meine Hände zitterten, und mir war eiskalt. Und dann fing die Welt an, sich zu drehen, und das Letzte, woran ich mich erinnern konnte, war der sorgenvolle Blick meiner Mutter, während Tine ihr Handy aus der Tasche riss und alles um mich herum dunkel wurde.

***

„Du hast uns einen ganz schönen Schrecken eingejagt." Meine Mutter drückte meinen Arm und lächelte mich liebevoll an. Sehr beruhigt klang sie dabei nicht, und ich konnte es ihr nicht verdenken. „Soll ich dich nach Hause bringen?", fragte sie fürsorglich.

Resigniert nickte ich und wartete schließlich draußen mit ihr auf das Taxi, welches sie zuvor gerufen hatte. Tine war bereits nach Hause gefahren. Ich wollte nicht, dass sie Bescheid wusste. Noch nicht. Nachdem ich für einen kurzen Moment ohnmächtig geworden war, hatten die beiden mich ins Krankenhaus gebracht. Irgendwie konnte ich das alles immer noch nicht glauben.

Jetzt versuchte ich vergeblich, das flaue Gefühl in meinem Magen und meine Tränen zu unterdrücken. Wie kleine Sturzbäche liefen sie meine Wangen hinunter.

Warum gerade jetzt?

Eigentlich hatte ich allen Grund zur Freude. Doch die wollte mich einfach nicht überwältigen. Dabei hatte ich mir diesen Moment in den schillerndsten Farben ausgemalt. Warum hatte ich es nicht bemerkt? Die Anzeichen waren doch eindeutig gewesen. Andererseits kam meine Periode immer schon sehr unregelmäßig. Vielleicht hatte ich mir einfach keine falschen Hoffnungen machen wollen.

„Ich muss es Nik sagen, nicht wahr?", flüsterte ich mehr zu mir selbst, als wir schließlich im Taxi saßen.

Mama seufzte. „Ich fürchte, dass daran kein Weg vorbeiführt. Er hat ein Recht, es zu erfahren."

Natürlich hatte er das, schließlich war er der Vater. Aber wie sollte es weitergehen? Was würde er tun, wo er doch ziemlich zeitgleich seine Frau und seine Geliebte geschwängert hatte?

„Und, Sofia, es tut mir so leid wegen Marcello. Er wollte die ganze Zeit über mit offenen Karten spielen. Wie gerne würde ich dir sagen, dass ich dich schonen wollte, weil du selbst genug Probleme hast. Doch ich bin einfach zu feige dafür gewesen."

„Hat Nonna von Anfang an davon gewusst?"

Das Schweigen meiner Mutter war mir Antwort genug, und ich war froh, als der Wagen vor meinem Haus hielt und ich endlich aussteigen konnte. Im Moment hatte ich andere Sorgen, als mich um das Liebesleben meiner Mutter zu kümmern oder was auch immer das mit Marcello werden würde. Bei dem Gedanken, dass er eines Tages mein Stiefvater sein könnte, musste ich gegen meinen Willen lachen.

Vorsichtig strich ich über meinen Bauch.

„Es wird schon irgendwie werden, kleine Bohne. Ich verspreche dir, dass ich alles dafür tun werde, dir eine gute Mutter zu sein."

Sofia

„Hier, Cara mia. Du musst wieder zu Kräften kommen." Nonna stellte mir einen Teller mit Cornetti vor die Nase. Auch wenn mein Magen von Zeit zu Zeit gegen sämtliche Nahrungsmittel rebellierte, Omas Hörnchen gingen immer.

Das Haus wirkte leer ohne Nik und Marcello, der bei meiner Mutter eingezogen war, wie ich jetzt wusste. Mama hatte mich nach meinem unfreiwilligen Krankenhausaufenthalt nach Hause gebracht, ohne Nonna auch nur einen Ton zu verraten, wofür ich ihr dankbar war, denn ich musste selbst zuerst einmal mit dieser unerwarteten Neuigkeit klarkommen.

Ich spürte, wie Nonna mich musterte, während sie ihren Espresso trank. Ich hatte keine Ahnung, ob sie Verdacht geschöpft hatte. Von der Schwangerschaft wusste bisher nur Mama, und falls Nonna irgendetwas ahnte, ließ sie es sich nicht anmerken.

„Wusstest du von der Sache mit Mama und Marcello?", fragte ich sie und biss in eines der Cornetti, das nach viel Butter und leckerer Schokolade schmeckte.

Sie hob entschuldigend die Hände und stand auf. „Sagen wir es mal so: Ich habe es geahnt." Nonna lächelte versonnen, und das Thema war für sie damit beendet.

Interessiert beobachtete ich sie, wie sie in der Küche herumhantierte, hier was wegräumte, dort was abwischte.

Später würde noch eine Menge Arbeit in der Spaghetteria auf sie warten. *Biasinis* verbesserte ich mich in Gedanken und lächelte. Wenn Nonna wüsste, wie dringend ich ihre Hilfe auch in naher Zukunft noch brauchen würde!

Ich dachte daran, wie beleidigt ich zunächst gewesen war, als sie einfach den Namen meines Restaurants geändert hatte. Doch jetzt hatte ich endlich eine Erklärung dafür, warum mein Geschmack sich so verändert hatte und meine Kochkünste darunter so litten. Und über diesen Grund konnte ich mich wirklich freuen.

Ich war tatsächlich schwanger!

Außerdem würde ich, wenn Nonna das Kochen bei der Hochzeit morgen übernahm, meiner Rolle als Trauzeugin besser gerecht werden und musste nicht zwischen Küche und Tanzfläche hin und her springen. Wäre meine Großmutter jetzt nicht hier, dann müsste ich womöglich selbst in der Küche stehen. Ich wollte lieber nicht daran denken, was für ein Reinfall das Essen dann womöglich werden könnte.

Wenn ich daran dachte, später auf Marcello und meine Mutter zu treffen, wurde mir speiübel. Meine missglückten Annäherungsversuche waren mir nun, da ich den Grund für seine abwehrende Haltung kannte, noch peinlicher.

Nonna war dabei, den Geschirrspüler auszuräumen, sodass das Geklapper mich kurz aus meinen Gedanken riss. Ich pickte ein paar heruntergefallene Cornetti-Krümel mit den Fingerspitzen auf, wobei mir einfiel, wie gerne Nik dieses Gebäck mochte.

Nik. Mein Noch-Ehemann und Vater meines Babys.

Ich strich leicht über meinen Bauch, dem man noch nichts ansah. Wie nur sollte ich mich ihm gegenüber verhalten? Was würde er sagen?

Seit unserem Streit hatte ich ihn nicht mehr gesehen, aber ich wusste, dass ich nun an der Reihe war, einen Schritt auf ihn zuzumachen. Wie würde er reagieren, wenn er erfuhr, dass noch ein weiteres Baby unterwegs war, dessen Vater er war?

Elfte Woche, hatte die Ärztin gesagt. Es musste an dem Abend passiert sein, als wir beinahe die Küche abgefackelt hatten und die Feuerwehr angerückt war. Volltreffer!

***

Am nächsten Morgen, der Tag von Tines und Olivers Hochzeit, wollte ich es endlich hinter mich bringen. Früher oder später musste ich Nik schließlich die frohe Botschaft mitteilen. Ich ignorierte Nonnas Gezeter, als ich auf meinen eigenen Wagen bestand und mich weigerte, sie ans Steuer zu lassen.

„Ich bin eine sehr gute Autofahrerin", sagte sie trotzig und schimpfte die ganze Zeit, während sie neben mir auf dem Beifahrersitz saß. Sie moserte, weil ich angeblich wie eine Schnecke fahren würde, und erstaunlicherweise gelang es mir, gelassen zu bleiben. Als wir vor dem *Biasinis* ausstiegen, musterte ich Oma seit Langem mal wieder aufmerksam.

Ihr silberfarbener Dutt saß nicht so akkurat wie sonst, und ihre Augen wanderten unruhig hin und her. Sie wirkte leicht mitgenommen, wie eine ältere Frau, die sie ja auch war, die mit dem ganzen Trubel nicht wirklich gut zurechtkam.

Trotzdem hatte ich mir vorgenommen, ihr endlich die Wahrheit zu sagen. Ihr länger etwas vorzuspielen, schien mir nicht fair, angesichts dessen, was sie alles für mich tat. Ich hatte meiner Mutter versprochen, einen letzten Blick auf die Tischdeko zu werfen, bevor wir zum Standesamt fuhren. Mama hatte bereits am frühen Morgen damit angefangen. Vielleicht würde sich dabei die Gelegenheit ergeben, mit Nonna zu sprechen.

Irgendwann würde sie sowieso erfahren, dass Nik und ich uns getrennt hatten. Bei diesem Gedanken wurde mir ein wenig leichter ums Herz. Endlich würde ich niemanden mehr belügen müssen.

Als wir das Restaurant betraten, ließ Marcello verlegen meine Mutter los. Dabei hatten sie sich zuvor noch leidenschaftlich geküsst. Dieser Anblick war für mich immer noch befremdlich, und ich wusste nicht, was ich von dieser Liebelei halten sollte. Marcello sah meiner Meinung nach aus, als wäre er einer Fernsehwerbung für Männerduschgel entstiegen, und ich konnte durchaus verstehen, dass meine Mutter ausgerechnet bei ihm schwach geworden war.

Schnell schob ich den Gedanken beiseite. Ich wollte nicht die gleiche Art Männer begehren wie meine Mutter. Igitt!

Eigentlich zählte ich mich nicht zu dem Typ Frau, der sich selbst bemitleidete. Doch heute tat ich es. Jeder schien glücklich, nur ich war es nicht so richtig. Tine würde Oliver heiraten, und Mama turtelte ungeniert mit Marcello, während Nonna ganz zufrieden mit sich selbst wirkte.

„Wo ist eigentlich Nik?", fragte ich in die Runde.

„Er kümmert sich um das Brautauto." Meine Mutter versuchte, nicht allzu mitleidig dreinzuschauen. Ich wusste, dass Nik ein hilfsbereiter Mensch war, doch ich ahnte, dass die Limousine für Tine und Oliver längst fertig war und er mir nur aus dem Weg ging.

„Hast du denn schon mit Niklas gesprochen, Cara mia?"

Ich seufzte. „Leider nein, Nonna."

Sie strich mir durchs Haar. „Das wird schon wieder, Liebes. Manchmal sind die Dinge nicht so, wie sie scheinen."

Ich runzelte die Stirn, und ein erneuter Anflug von Schuldbewusstsein machte sich in mir breit. Doch ich tröstete mich mit dem Gedanken, bald mit dem Lügen aufzuhören. Nur nicht sofort. Einmal mehr fragte ich mich, ob Nonna mehr wusste, als sie vorgab.

„In jeder Ehe gibt es Probleme. Man darf nur nicht gleich aufgeben. Eine Beziehung bedeutet immer Arbeit, Sofia. Man muss etwas tun und darf nicht nur vom anderen etwas erwarten. Vielleicht liegt es diesmal an dir, etwas zu unternehmen."

Ich ließ Nonnas Worte auf mich wirken. *Manchmal sind die Dinge nicht so, wie sie scheinen.*

Oma zwinkerte mir zu und scheuchte mich aus der Küche, wobei ich beinahe mit Marcello zusammenstieß.

Überrascht blieb ich stehen. Er vergrub seine Hände in den Hosentaschen und lächelte verlegen. Ich wusste nicht, was ich sagen sollte, und wollte weitergehen.

„Sofia, es tut mir leid. Ich wollte dich nicht in Verlegenheit bringen. In Italien nicht und auch nicht hier."

„Schon gut, Marcello. Das hast du nicht. Lass es uns am besten vergessen." Meine Schultern spannten sich an. Das war eine glatte Lüge. Doch ich wollte nicht, dass er sich meinetwegen schlecht fühlte. Marcello war nicht derjenige, der sich danebenbenommen hatte.

Er zupfte ein paar nicht vorhandene Fussel von seinem Hemd. „Deine Mutter bedeutet mir viel, Sofia. Es ist mir ernst mit ihr. Du sollst das wissen. Ich weiß, welcher Ruf mir vorauseilt, aber ich habe mich geändert."

Ich schluckte schwer und war mir nicht sicher, ob ich das hören wollte. „Schon gut. Ich komme damit zurecht," versicherte ich ihm, obwohl es nicht stimmte.

Ich ließ den Blick durch das Restaurant schweifen und musste zugeben, dass es absolut gelungen aussah. Die Tische waren wunderschön gedeckt. Mit einfachen Mitteln hatte Mama gemeinsam mit Marcello eine geschmackvolle Dekoration für die Tische gezaubert. Sie hatte kleine Kränze gebunden, in denen Hagebutten und Herbstastern ihren Platz fanden, und die weißen

Stuhlhussen und die Kerzenhalter aus Kristall verliehen dem Ganzen einen festlichen Charakter.

Auch bei Nonnas Menüwahl hatte ich ein gutes Gefühl. Es würde mit Sicherheit ein unvergesslicher Tag für Tine und Oliver werden.

Aber ich fürchtete mich vor der Begegnung mit Nik, der ja genau wie ich Trauzeuge war, und fühlte mich sehr unbehaglich. Im Spiegel überprüfte ich noch einmal mein Outfit. Ich hatte mich für ein schlichtes dunkelblaues Kleid entschieden, welches knapp oberhalb der Knie endete und locker meine Figur umspielte. Dabei schaffte ich es sogar, mir selbst ein ermutigendes Lächeln zu schenken.

Nik

Kritisch beäugte ich mein Spiegelbild und lockerte den Hemdkragen. Nicht mehr lange und ich würde Sofia wiedersehen. Nach ihrer herablassenden Bemerkung über meine Spermien war ich ihr gekränkt aus dem Weg gegangen.

Ich hatte mich immer noch nicht entschieden, wie ich mich ihr gegenüber heute und zukünftig verhalten sollte. Aus dieser Frau wurde ich einfach nicht schlau.

Der gemeinsame Abend mit ihr war unglaublich schön gewesen, beinahe so wie zu der Zeit, als wir frisch verliebt gewesen waren. Und ich hatte geglaubt, dass sie mir meinen Ausrutscher mit Anna verziehen hatte und es für uns als Paar eine zweite Chance geben würde. Doch nach ihrem überstürzten, unerklärlichen Abgang und nachdem sie mich vor allen anderen lächerlich gemacht hatte, war ich zu stolz, um mich bei ihr zu melden. Jetzt lag es an Sofia, einen Schritt auf mich zuzugehen oder mich endgültig zu verlassen.

Was hatte Nonna gesagt, als ich meine Sachen gepackt hatte? „Die Dinge sind nicht immer, wie sie scheinen."

Ich konnte damit überhaupt nichts anfangen. Wollte sie damit andeuten, dass sie Bescheid wusste?

Auf der Hochzeit von Oliver und Tine würde sich zeigen, wie es mit uns weiterging, und ich betete, dass das Schicksal es gut mit mir meinte. Der Gedanke, Sofia gleich gegenüberzustehen, machte mich nervös, und zugleich schlug mein Herz vor Freude ein paar Takte schneller. Ich vermisste sie wirklich sehr.

„Was habe ich eigentlich noch zu verlieren?", fragte ich den Nik, der mir im Spiegel ratlos entgegenblickte. Mit einem Mal fühlte ich mich zuversichtlich, und ich beschloss, nun doch um Sofia zu kämpfen, selbst wenn ich mich noch einmal mit diesem Italiener anlegen musste.

Allerdings machte mir Anna immer noch das Leben schwer. Sie wollte einfach nicht verstehen, dass der Sex in der Abstellkammer eine einmalige Sache für mich gewesen war. Ich hegte einen Groll gegen mich selbst, weil ich mich so hatte gehen lassen, ohne auch nur eine Sekunde über die möglichen Konsequenzen nachzudenken. Auf keinen Fall wollte ich Anna verletzen, die wohl wirklich in mich verliebt war, doch ich wusste, ich würde ihr das nächste Mal ganz deutlich zu verstehen geben müssen, dass ich nichts für sie empfand.

In den letzten Wochen hatte sie mich immer wieder mit Anrufen bombardiert oder mir aufgelauert. Sogar bei Tine und Oliver war sie aufgetaucht. Zum Glück hatte mein Kumpel sie geschickt abgewimmelt. Doch Anna ließ nicht locker. Einen kurzen Moment hatte sie sogar behauptet, schwanger zu sein. Von mir! Dabei hatten wir ein Kondom benutzt.

Am liebsten hätte ich Nonna um Rat gefragt. Sie wüsste mit Sicherheit eine Lösung. Doch dann hätte ich ihr die Wahrheit erzählen müssen, und Sofias Großmutter würde mich vielleicht für einen schlechten Menschen halten.

Für die Italienerin standen Werte wie Treue, Ehe und Familie an erster Stelle. Wie konnte ich ihr da erzählen, dass ich ihre Enkeltochter betrogen hatte? Noch dazu hatte die gute Frau erst einen Herzinfarkt erlitten, und ich wollte keinesfalls für einen weiteren verantwortlich sein.

Ich nahm den Schlüssel von der Kommode und setzte mich ins Auto, wo Oliver und Tine ausgelassen auf dem Rücksitz herumknutschten. Die Braut schien sich keinerlei Sorgen um ihren Lippenstift zu machen.

Beim Blick in den Rückspiegel erinnerte ich mich wehmütig an die Zeit, als Sofia und ich frisch verheiratet gewesen waren.

***

„Hey, ihr Turteltäubchen! Da seid ihr ja." Sofia drückte ihre Freundin fest an sich und versuchte dabei, die Locken der Braut nicht allzu sehr durcheinanderzubringen. Dabei hatte das Oliver bereits geschafft, als er seine Braut im Wagen förmlich abgeschleckt hatte.

Ich sog scharf die Luft ein, als ich meine Frau genauer ansah. Sofia trug ein dunkelblaues Kleid mit einem tiefen Ausschnitt, der ihre schlanke Figur perfekt zur Geltung brachte. Täuschte ich mich, oder wirkte sie ein klein wenig rundlicher als sonst? Ihre Haare fielen in leichten Wellen auf die Schulter, ihre Augen hatte sie ein wenig dunkler als sonst geschminkt, und der roséfarbene Lippenstift betonte ihren schönen Mund.

„Hallo, Nik." Sie nickte mir kurz zu, bevor sie sich wieder dem Brautpaar zuwandte.

Enttäuschung machte sich in mir breit. Aber wenn ich ehrlich zu mir selbst war, hatte ich nicht mehr erwartetet. Vielleicht gehofft, das schon.

Auf Anweisung des Standesbeamten begaben wir uns auf die uns zugedachten Plätze. Von der Trauung bekam ich so gut wie kein Wort mit. Meine Augen wanderten immer wieder zu Sofia, die als Trauzeugin der Braut jetzt direkt neben mir saß. Sie wirkte angespannt, trotz der Schminke etwas blass, und ich fragte mich, ob es an meiner Anwesenheit lag oder an der Aufregung, weil ihre beste Freundin heiratete.

In diesem Moment war ich froh, dass dieser eingebildete Italiener nicht in der Nähe war, den ich seit meinem Faustschlag nicht mehr gesehen hatte. Nonna hatte ihn mit Sicherheit zum Küchendienst verdonnert. Mein schlechtes Gewissen wollte mir weismachen, dass ich mich auf jeden Fall bei ihm entschuldigen musste. Ich beschloss, es vorerst zu ignorieren.

Als Tine von ihrem Mädelsabend mit Sofia und Francesca zurückgekommen war, hatte sie etwas angedeutet, was sich so anhörte, als wäre er gar nicht hinter Sofia, sondern hinter meiner Schwiegermutter her. Doch ich war mir nicht sicher, ob ich das glauben konnte. Schließlich hatte Marcello doch immer wieder

Sofias Nähe gesucht, oder nicht? Jetzt wusste ich selbst nicht mehr genau, ob das so stimmte.

Überrascht stellte ich fest, wie schnell die kurze Zeremonie vorüber war und Tine und Oliver sich das Jawort gegeben hatten.

Später, im *Biasinis* wirkte Tine sichtlich erleichtert, dass das mit dem Essen so gut klappte. Nonna hatte wirklich ihr Bestes gegeben. Auch Oliver machte keinen Hehl daraus, dass er froh war, dass sie das Ruder übernommen hatte.

„Ich will mir lieber nicht vorstellen, was passiert wäre, hätte Sofia den Kochlöffel geschwungen."

Tine stieß ihn in die Seite. Ich schmunzelte und fragte mich dabei, warum er das sagte. Ich warf Sofia einen Blick zu, dem sie aber auswich, während sie sich flüsternd mit Francesca unterhielt.

Ich wusste von den Gerüchten um Sofias verlorene Kochkünste, und auch die Einnahmen vor Nonnas Besuch sprachen nicht gerade für sie. Trotzdem hatte ich mich darüber gewundert, dass sie das Kochen in den letzten Wochen mehr oder weniger ganz ihrer Nonna überlassen hatte. Zuerst hatte ich es jedoch darauf zurückgeführt, dass Nonna sonst vielleicht etwas gefehlt und Sofia aus Rücksicht darauf nicht mehr selbst gekocht hatte. Jetzt fragte ich mich gerade, was wirklich in ihr vorging.

Seit wir miteinander geschlafen hatten, ging sie mir aus dem Weg. Ob sie wohl doch in diesen Italiener verliebt war?

Das Brautpaar ließ sich bei seinem ersten Tanz, einem langsamen Walzer, feiern, und auch Sofia mischte sich unter die

Leute, nachdem sie ihrer Großmutter beim Abwasch geholfen hatte. Oliver und Tine hatten sich eine kleine Feier gewünscht, zu der sie nur ihre Familie und die engsten Freunde eingeladen hatten, und der mit Tine befreundete DJ sorgte für eine gute Stimmung auf der Tanzfläche. Dafür hatten sie extra im hinteren Teil des Restaurants Platz gemacht und einige Tische in den Abstellraum geparkt. Vermutlich hatte Marcello Nonna dabei geholfen.

Gerade als ich all meinen Mut zusammengenommen hatte und Sofia um einen Tanz bitten wollte, spürte ich eine Hand auf meiner Schulter. Ich drehte mich um und glaubte, meinen Augen nicht zu trauen. Es war Anna, die da vor mir stand. Sie strich sich ihr blondes, langes Haar auf den Rücken, wie sie es schon so oft getan hatte, wenn sie mit mir flirtete, und ihr Gesicht verzog sich unter der dicken Schicht aus Make-up zu einem Lächeln.

„Was tust du denn hier? Du siehst doch auch, dass das hier eine geschlossene Gesellschaft ist! Habe ich dir nicht gesagt, du sollst mich endlich in Ruhe lassen?", zischte ich erbost.

Ihr Blick war schwer zu deuten. „Können wir draußen für einen Moment miteinander reden, Nik?" Anna sah sich um, und ich hoffte inständig, dass Sofia nicht gerade in unsere Richtung blickte. „Es ist wichtig. Bitte, Nik."

Sofia

Gemeinsam mit Tine und Nonna stand ich an der Theke, die Marcello und Mama gestern zu einer Art Bar umfunktioniert hatten. Während die Braut und meine Oma schon beim dritten Glas Wein angelangt waren, hielt ich mich an mein Wasser. Draußen hatte es zu nieseln angefangen.

„Ist das nicht eine großartige Party?" Meine beste Freundin strahlte übers ganze Gesicht. „Das Essen war wunderbar, vielen Dank."

Nonna schien sich über das Kompliment zu freuen, und ich stellte traurig fest, dass sie das Lokal besser im Griff hatte, als ich es jemals könnte. Die Arbeit hier bekam ihr richtig gut. Meine Großmutter wirkte gesund und zufrieden. Aber in drei Tagen würde sie abreisen, und ich hatte ihr nicht angeboten, zu bleiben. Ob sie das von mir überhaupt erwartete? Ich konnte ihre Reaktion nicht abschätzen, wenn ich ihr von der Schmierenkomödie erzählen würde, die Nik und ich ihr die ganze Zeit vorgespielt hatten. Ich hatte Angst davor und wollte zuerst mit meinem Mann darüber sprechen. Mein Mann. Ob er das tatsächlich noch war?

Nonna ließ sich gerade von Oliver für ihre Kochkünste loben, und mein Blick wanderte auf der Suche nach Nik in Richtung Fenster, das zum Innenhof hinaus zeigte. Tine entging nicht, wie ich scharf die Luft einsog.

„Oh mein Gott! Siehst du auch, was ich sehe?", fragte ich sie mit einem Anflug von Panik in der Stimme.

„Ich fürchte, ja." Meine Freundin verzog missmutig das Gesicht.

Draußen stand Anna mit Nik, der wild mit den Armen gestikulierte.

„Wie kommt sie hierher? Du hast sie doch nicht etwa eingeladen?"

Meine Freundin funkelte mich wütend an, weil ich ihr diese Frage überhaupt gestellt hatte. „Es sieht nicht aus, als würden sie sich sonderlich gut verstehen. Schau dir nur Niks Gesichtsausdruck an."

Aus irgendeinem Grund wirkte er wütend. Nik ruderte wild mit den Armen, und auch wenn ich die beiden von hier aus nicht hören konnte, vermutete ich, dass er Anna gerade anschrie. Jedenfalls verzog er sein Gesicht auf diese Weise, wenn er laut wurde, was bei Nik nicht besonders häufig vorkam.

„Mir reicht's. Ich muss hier raus!" Gerade wollte ich flüchten. Mein Glücksgefühl, dass ich noch vor Kurzem aufgrund meiner Schwangerschaft empfunden hatte, war wie weggeblasen. Alles, was Nik und mich ausgemacht hatte, war irgendwie zu einem grässlichen Durcheinander aus Ungewissheit und Traurigkeit geworden.

„Hey, das ist mein großer Tag, und du lässt mich im Stich, nur weil bei dir mal wieder nicht alles so läuft, wie du es dir vorstellst? Sei doch nicht immer so egoistisch! Es dreht sich nicht immer alles nur um dich, Sofia!" Tine bebte vor Zorn.

Doch ich war schon auf dem Weg zur Tür und wollte gerade hinausstürmen.

„Oh mein Gott!", kreischte in diesem Moment meine Mutter. Als ich mich erschrocken umdrehte, sah ich Nonna bewusstlos am Boden liegen.

„Scheiße!", fluchte ich entsetzt. „Mama, ruf sofort einen Krankenwagen! Ich glaube, Nonna hat einen Herzinfarkt."

Als Nik das Lokal wieder betrat, war die Musik bereits aus. Ich drehte mich um, als mit Sirenengeheul ein Krankenwagen ankam und direkt vor unserem Restaurant parkte. Nik schlang seinen Arm um meine Taille und drückte mich fest an sich. Zu meiner eigenen Überraschung protestierte ich nicht, sondern sank schluchzend in mir zusammen, als die Gäste Platz für den Notarzt machten.

„Ich komme mit ins Krankenhaus", hörte ich meine Mutter sagen, die noch vor wenigen Minuten ausgelassen und verliebt mit Marcello getanzt hatte.

Verzweifelt schüttelte ich den Kopf und schniefte. „Nein, Mama. Ich will bei Nonna im Krankenwagen mitfahren!"

„Ich komme mit dem Auto nach. Du solltest nachher lieber nicht alleine sein." Nik tastete nach dem Schlüssel in seiner Hosentasche.

Ich nickte dankbar und stieg zu dem Notarzt und der Sanitäterin ins Fahrzeug. Kaum hatte sie die Tür hinter mir zugemacht, schlug Nonna die Augen auf. „*Accidenti!* Was macht ihr so ein Theater wegen mir alten Frau, hä?"

Die Sanitäterin zuckte kaum merklich zusammen und sah mich fragend an. Bis eben schien meine Großmutter noch bewusstlos gewesen zu sein. Ich zuckte ahnungslos mit den Schultern.

„Bitte beruhigen Sie sich, Frau Biasini. Wir vermuten, dass Ihnen Ihr Herz wieder Probleme macht. Ihre Enkeltochter meinte, Sie hätten erst kürzlich einen Infarkt gehabt."

Nonna setzte sich auf. „Mein Herz! Mein Herz! Ich kann es nicht mehr hören. Schauen Sie, ich bin fit wie ein Turnschuh!"

Täuschte ich mich, oder hatte Oma Angst davor, gleich ins Krankenhaus zu müssen? Nie zuvor hatte ich meine Großmutter derart panisch erlebt. Ich drückte sanft ihren Arm. „Nonna, bitte. Wir wollen doch nur dein Bestes und dass du wieder gesund wirst." Ich fand das Verhalten meiner Großmutter reichlich albern und völlig unverständlich. Widerwillig legte sie sich zurück auf die Trage. Als wir vor der Notaufnahme hielten, schnallte Nonna sich ab. „Laufen kann ich schon selbst, vielen Dank auch."

Der Notarzt flüsterte mit der Sanitäterin und ich glaubte dabei, Worte wie Demenz und geisteskrank herauszuhören. Doch Nonna stolzierte durch die Tür, als wäre nie etwas gewesen, und ich wusste nicht so recht, was ich davon halten sollte.

Nik

Die Fahrt schien ewig zu dauern, und die Autos vor mir bewegten sich gefühlt zu langsam. Dabei hatte ich schnell den ganzen Blumenschmuck entfernt, um ein wenig energischer aufs Gaspedal drücken zu können. Und jetzt das. Genervt trommelte ich mit den Fingern auf das Lenkrad und war froh, als der Traktor vor der langen Schlange endlich rechts abbog und wir wieder freie Fahrt hatten. Der Krankenwagen hatte es da besser, ihm hatten alle Fahrzeuge sofort Platz gemacht.

Ich rannte schnell Richtung Krankenhausanmeldung, um mich zu erkundigen, wo Nonna und Sofia sein könnten.

Das Gefühl, zwischen zwei Welten zu stehen, mit einer Glastür als Pforte, traf mich mit voller Wucht. In diesem Moment wusste ich nicht, in welcher ich später leben würde. In meiner alten, mit Sofia an meiner Seite, oder allein als unglücklicher Singlemann, der seine Frau betrogen hatte?

Fünf Minuten später hatte ich Sofia gefunden. Sie kauerte auf einem der Stühle im Flur vor der Herzambulanz und verbarg ihr Gesicht zwischen ihren Knien. Als sie mich auf sich zukommen sah, schenkte sie mir ein müdes Lächeln. Sie sah so blass und erschöpft aus. Der ganze Glanz der Trauzeugin war von ihr abgefallen. So gerne hätte ich sie in den Arm genommen und ihr meine Liebe gezeigt und Trost gespendet.

„Bitte entschuldige, dass es so lange gedauert hat. Weißt du schon, wie es Nonna geht?"

Sofias entsetzte Miene, die Veränderung ihrer Gesichtsfarbe von blass zu einem tiefen Rot und die Art, wie sie nach Luft schnappte, ließen nichts Gutes ahnen. Sie sprang auf. „Nonna hat sich vorhin im Krankenwagen aufgeführt, das hättest du mal erleben sollen! Weil wir ihretwegen den Rettungsdienst gerufen haben! Schließlich ginge es ihr doch gut. Kannst du dir das vorstellen? Dabei hatte sie erst einen Herzinfarkt! Sie wollte nicht einmal, dass ich sie zur Untersuchung begleite. Stattdessen muss ich hier draußen warten." Ihre Wangen glühten.

Ich setzte mich auf einen der Stühle, zog Sofia auf den Platz neben mir und schaute ihr direkt in die Augen. „Deine Nonna ist zäh. Die wird schon wieder. Mach dir keine Sorgen um sie." Zu gerne hätte ich gewusst, was in Sofia vorging, doch ihre Miene verriet nichts. Nach einigem sinnlosen Blättern in einer der Zeitschriften, verlegenem Räuspern und Hüsteln nahm ich meinen ganzen Mut zusammen – auch wenn der Moment vielleicht der unpassendste überhaupt war.

„Sofia, ich finde, wir sollten langsam mal reden. So kann es zwischen uns doch nicht weitergehen."

Zu meiner Überraschung spie sie mir keine Widerworte, wie sie es sonst schon so oft getan hatte, entgegen. Stattdessen nickte sie. „Ich weiß." Ihre Stimme klang heiser, und Tränen standen in ihren Augenwinkeln.

„Mir tut alles so entsetzlich leid. Dass ich mit Anna geschlafen habe … und ich dir das Gefühl gegeben habe, nicht genug zu sein. Ich kann mir gar nicht vorzustellen, wie sehr ich dich damit gekränkt und verletzt haben muss. Ich kann zu meiner Entschuldigung nur vorbringen, dass ich ein absoluter Vollidiot war und ich es rückgängig machen würde, wenn ich könnte."

Sofia verschränkte die Arme und biss sich auf die Unterlippe. „Ach, Nik. Ich habe es doch auch nicht viel besser gemacht. Die Sache mit Marcello … Und jetzt bin ich …"

Ihre Worte machten mir Angst, und nun wusste ich nicht, ob ich es tatsächlich hören wollte.

„Nik, ich bin …"

Doch weiter kam sie nicht. Ein Arzt mit freundlichen grauen Augen stand vor uns.

„Frau Biasini? Sie können jetzt zu Ihrer Großmutter."

Als ich sie begleiten wollte, schüttelte der Mann den Kopf.

„Frau Biasini hat ausschließlich nach ihrer Enkeltochter verlangt. Tut mir leid."

Sofia zuckte entschuldigend mit den Schultern. „Wir reden später, ja?"

Bevor ich etwas erwidern konnte, war sie auch schon verschwunden. Das Wartenmüssen zerrte an meinen Nerven. Es ging mir alles nicht schnell genug. Was hatte sie mir vorhin sagen wollen? „Ich bin in Marcello verliebt", flüsterte eine gemeine Stimme in mir drin, jene, die mich jedes Mal wieder zur Weißglut trieb, wenn ich den Italiener auch nur ansehen musste.

Bei diesem Gedanken spürte ich einen schmerzhaft tiefen Stich in meinem Herzen. Nur, um etwas zu tun zu haben, holte mir einen dieses scheußlichen Kaffees aus dem Automaten auf dem Krankenhausflur. Ich schrieb Francesca eine Nachricht, dass wir uns melden würden, sobald wir mehr wüssten.

Doch dann hielt ich es nicht mehr länger hier drinnen aus. Ich musste hinaus an die frische Luft.

Sofia

„Wie geht es ihr denn?", wollte ich von dem Arzt wissen, bevor ich das Untersuchungszimmer betrat.

„Nun, ich würde sagen … bestens", sagte er ein wenig unbestimmt, „aber fragen Sie sie doch selbst."

Mir entging sein seltsamer Ausdruck auf dem Gesicht genau so wenig wie sein Lächeln. Wieder dachte ich an Nonnas Worte. „Manchmal sind die Dinge nicht so, wie sie scheinen."

„Nonna!"

Sie knöpfte gerade ihre Bluse zu, und der Anblick meiner Großmutter rührte mich tief. Es schien ihr tatsächlich gut zu gehen. Erleichtert atmete ich auf.

„Cara mia." Sie drehte sich um und breitete ihre Arme aus, um sie fest um mich zu schlingen. Nonna lächelte schwach, und wenn ich es nicht besser gewusst hätte, dann hätte ich den Ausdruck in ihren Augen als ängstlich beschrieben.

Besorgt griff ich nach ihrer Hand. „Wie geht es dir? Behalten sie dich denn nicht hier? Ich meine … zur Beobachtung oder so?"

„Nein. Ich darf nach Hause. Dieses Mal war es kein Herzinfarkt. Die ganze Aufregung muss mir wohl zu schaffen gemacht haben."

Sofort hatte ich ein schlechtes Gewissen. Bestimmt hatte sie zu viel gearbeitet oder sich meinetwegen aufgeregt.

„Ich fahre dich heim und kümmere mich um dich, Nonna."

„Danke. Das ist nicht nötig. Ich nehme ein Taxi. Du solltest mit Nik sprechen. Wartet er auch draußen? Aber vorher muss ich dir noch etwas sagen." Sie stand auf, trat von einem Fuß auf den anderen, und schien nach den richtigen Worten zu suchen. Ihre Augen schimmerten feucht. „Cara mia. Ich weiß, es ist nicht leicht, wenn der eigene Mann einen betrügt. Doch das ist kein Weltuntergang."

Also wusste sie davon! Aber woher?

Nonna hatte leicht reden. Sie und Großvater waren doch immer so glücklich gewesen. Meine Oma lächelte versonnen.

„Glaubst du vielleicht, dein Nonno war mir immer treu?"

Was? Da hatte ich mich doch wohl verhört? Das konnte doch nicht sein.

Meine Augen wurden immer größer, und die Worte sprudelten in meinem Kopf umher, doch kein einziges gelangte über meine Lippen. Und Oma erzählte mir von einer Affäre meines Großvaters vor über dreißig Jahren.

„Ich habe es dir schon gesagt, Sofia. Liebe bedeutet Arbeit. Man kann in einer Ehe doch nicht alles hinschmeißen, nur weil es gerade ein bisschen schwierig ist. Zu lieben bedeutet, auch zu verzeihen und den anderen anzunehmen, wie er ist, samt seinen Fehlern und Schwächen. Schließlich ist man selbst auch nicht perfekt."

Gerade wollte ich etwas erwidern, doch Nonna ließ mir keine Chance.

„Entscheide dich weise, Sofia. Ich bin mir sicher, dass Niklas dich liebt … und ich weiß, dass du ihn auch liebst."

Sie umarmte mich noch einmal fest, gab mir einen Kuss auf die Wange und ging. Ich musste mich noch ein kurzen Moment sammeln.

Ich konnte nicht glauben, was sie mir soeben anvertraut hatte. Für mich waren die beiden der Inbegriff der wahren Liebe gewesen. Ich schluckte schwer und beschloss, dass es höchste Zeit war, mit meinem Mann zu sprechen und alles zu klären.

Von Vorfreude ergriffen, fuhr ich mir durchs Haar, warf einen letzten Blick in den Spiegel und wischte mir die verschmierte Wimperntusche aus dem Gesicht. Angst und Glücksgefühl kämpften um einen Platz in meinem Herzen. Wie Nik wohl darauf reagieren würde?

Bevor ich es mir anders überlegen konnte, riss ich die Tür auf und trat hinaus in den Flur.

Aber von Nik fehlte jede Spur, und ich versuchte, nicht enttäuscht zu sein. Ob er Nonna nach Hause gefahren hatte? Aber warum hatten sie mich dann nicht mitgenommen? In meinem Kopf drehte sich das Gedankenkarussell.

Schützend hielt ich meine Hand vor den Bauch. Ich freute mich auf unser Baby. Mein Herz und ich wollten wieder mit Nik zusammen sein. Ich wollte mit ihm endlich die Familie haben, wie ich es mir immer schon vorgestellt hatte. Doch in all der Aufregung hatte ich Anna verdrängt. Was hatte sie heute wohl mit ihm zu besprechen gehabt? Ging es um ihr gemeinsames

Baby? Verdammt! Es tat so schrecklich weh, daran zu denken. Wie gerne wäre ich in meinen Liebesangelegenheiten so optimistisch wie Nonna.

Als ich durch die Drehtür des Krankenhauses an die frische Luft trat, fröstelte ich. Ich hatte vergessen, eine Jacke mitzunehmen. Mit zittrigen Händen fischte ich mein Handy aus der Tasche, um mir ein Taxi zu rufen. In diesem Moment machte mein Herz einen Satz. Drüben am Teich stand Nik und winkte mir zu.

Leise keuchend, als wäre ich einen Marathon gerannt, pustete ich über meine kalten Hände, als ich endlich vor ihm stand.

„Was ist mit Nonna? Geht es ihr gut?", wollte er wissen.

Ich nickte. „Ja, so wie es aussieht, ist alles in Ordnung. Sie darf nach Hause."

„Sollen wir sie fahren?"

„Ich bin schwanger." Die Worte waren aus mir herausgepurzelt, und ich wünschte mir, ich hätte meine Rede, die ich mir zuvor in Nonnas Zimmer gedanklich zurechtgelegt hatte, besser einstudiert.

„Von Marcello etwa?" Er wich einen großen Schritt vor mir zurück.

Ich lachte laut auf. Eigentlich wäre das ein Grund, wieder wütend auf ihn zu werden. Doch vermutlich hatte ich diesen Gedanken verdient. „Von dir, du Idiot."

„Oh."

Resigniert kickte ich mit meiner Fußspitze einen Stein zur Seite. Ich wollte mir meine Enttäuschung nicht anmerken lassen. „Das ist nicht ganz die Reaktion, die ich mir erhofft hatte", gab ich zu.

Gegenüber reckte eine ältere Dame den Hals in unsere Richtung, um das Gespräch besser verfolgen zu können. Ich zog Nik um die Ecke, wo sie uns nicht mehr belauschen konnte.

„Und was genau hast du dir erhofft?"

Täuschte ich mich, oder kräuselten sich seine Lippen zu einem vorsichtigen Lächeln? Ich zitterte, und mein Atem ging stoßweise. Wie aufgeregt ich war! Nik legte sein Jackett über meine Schultern und strich mir behutsam über die Wange.

„Ich wünsche mir von ganzem Herzen, dass du dich freust, so wie ich es tue, und wir es noch einmal miteinander versuchen." Meine Worte waren kaum mehr als ein Flüstern.

Er drückte mich fest an sich, und die Wärme seines Körpers fühlte sich so vertraut an. Nik lächelte zärtlich. „Dann sind wir also bald zu dritt? Das ist wundervoll, Sofia. Und ich will dich auch nicht verlieren. Niemals. Du bist doch die Eine für mich."

„Und … Anna?" Ich zitterte leicht.

„Das mit ihr war eine einmalige Sache."

Ich holte tief Luft. „Anna bekommt doch auch ein Kind von dir. Wann wolltest du mir das sagen?", fragte ich mühsam beherrscht.

Für einen Moment drängte sich eine unangenehme Stille zwischen uns, und die Luft schien zum Schneiden dick. Nik trat ein Stück von mir zurück und betrachtete mich von oben bis unten.

„Du weißt davon? Anna ist nicht schwanger, Sofia, jedenfalls nicht von mir." Es schien ihm unangenehm zu sein, dass ich davon wusste, und mir wurde klar, dass wir beide noch sehr viel Redebedarf hatten.

„Hör zu, und du musst mir glauben: Nachdem ich ihr klargemacht hatte, dass ich kein Interesse an ihr habe und dich zurückwill, hat sie mir das Leben schwergemacht. Sie hat mir aufgelauert, und als ihr bewusst wurde, dass sie keine Chancen bei mir hat, fing sie an, zu behaupten, sie wäre trotz Kondoms schwanger geworden. Aber mittlerweile scheint sie einzusehen, dass sie keine Chance hat."

Ich blickte betreten zu Boden. Hätte ich doch schon früher mit Nik gesprochen! Dann wäre uns beiden viel Kummer erspart geblieben. „Okay. Weißt du … Die Sache mit Marcello …" Ich räusperte mich. Das war mir immer noch peinlich. „Ich wollte ihn nicht küssen. Das war so dämlich von mir. Es tut mir leid."

Er nickte. „Lassen wir das Thema gut sein. Aber eins noch, Sofia?"

Fragend sah ich ihn an.

„Ich denke, es ist besser, wenn du dich in Zukunft alleine ums *Biasinis* kümmerst. Ich glaube, es tut uns beiden nicht gut, wenn wir zusammenarbeiten. Ich will in meinen alten Job zurück."

„Oh! Okay …" Damit hatte ich nicht gerechnet, doch ich konnte ihn verstehen. „Wir werden schon eine Lösung finden. Vielleicht kann Nonna mir noch für eine Weile unter die Arme greifen."

Ich entschied mich für einen ersten Schritt in Richtung Neuanfang, griff nach seiner Hand und küsste ihn so leidenschaftlich, dass die schweren Wochen, die hinter uns lagen, bedeutungslos schienen.

„Wir sollten zurück auf die Hochzeit, oder?", fragte er schließlich außer Atem.

Ich nickte, auch wenn ich die Zeit jetzt lieber mit Nik allein verbracht hätte. Die anderen würden wissen wollen, wie es Nonna ging, und ich fürchtete, Tine würde mir auf ewig böse sein, wenn ich den Großteil ihrer Hochzeitsparty verpasste.

Ich küsste ihn noch einmal.

„Ich liebe dich", murmelte ich, und in diesem Augenblick wusste ich, dass wir es schaffen würden, auch wenn uns eine herausfordende Zeit bevorstand. Vielleicht hatte Nonna recht und die Dinge waren nicht immer, wie sie schienen.

Nonna

18 Monate später …

Draußen vor dem Fenster erwachte der Garten vor Sofias Haus zu einem sonnigen Frühlingstag. In der Nacht hatte es geregnet, und die Bäume in der Nachbarschaft schimmerten in einem satten Grün.

Ich mochte diese Mischung aus feuchter Wärme und den ersten Sonnenstrahlen des Tages. Die Atmosphäre versetzte mich jedes Mal aufs Neue in eine hoffnungsvolle Stimmung.

Zufrieden beobachtete ich, wie Sofia und Niklas meinen Urenkel auf der Terrasse hin und her schoben. Der kleine Mann hielt nicht viel von Schlaf. Niklas beugte sich in Sofias Richtung und küsste sie. Es war der perfekte Kuss. Nicht zu drängend oder fordernd, doch entschlossen und mit genug Leidenschaft.

Seit der Geburt des kleinen Sebastianos lebte ich nun ganz bei meiner Enkeltochter und ihrem Mann. Das *Biasinis* gehörte mittlerweile zu den gefragtesten Restaurants in der Stadt, und Sofia und ich hatten nach einigen Streitereien einen guten Weg gefunden, das Lokal gemeinsam zu managen und miteinander zu kochen. Sie schien mehr als glücklich darüber, dass ihre Kochkünste zu ihrer alten Form zurückgefunden hatten.

Manchmal waren die Dinge im Leben eben nicht, wie sie schienen. Und was wäre das Leben ohne Familie und gute Freunde?

Meine Tochter lebte, seitdem sie sich zu Marcello bekannt hatte, mit ihm zusammen in ihrer Wohnung. Trotz meiner anfänglichen Skepsis wollte ich mich für ihr Glück freuen. Schließlich wären Sofia und Niklas ohne unsere Schmierenkomödie vielleicht gar nicht mehr zusammen.

Marcello hatte Niklas immer wieder auf die Palme gebracht und seine Rolle gut gespielt. Ein bisschen Eifersucht hatte Niklas nicht geschadet, auch wenn die Sache Marcello nicht so recht gewesen war.

Auch der nette Arzt im Krankenhaus hatte mich nicht verraten. Obwohl ich schon Angst hatte, dass er mich für geisteskrank halten könnte. Doch als ich ihm die ganze Geschichte erzählt hatte und vor allem, warum ich tat, was ich tat, hatte er mir ein breites Lächeln geschenkt und mit den Achseln gezuckt. „Familie, was will man da machen?"

Francesca und ich hatten beschlossen, es lieber für uns zu behalten, dass ich niemals einen Herzinfarkt gehabt hatte, sondern mich immer noch bester Gesundheit erfreute und mein Hausarzt mir weiterhin ein langes Leben prophezeite.

Rezepte (für vier Personen)

Sofias Lieblingspasta

Orecchiette:

<u>Zutaten:</u>

400 g Wiener Griessaler (alternativ Weizenmehl 550)

4 Eier

1 EL Olivenöl

1 Prise Salz

<u>Zubereitung:</u>

Alle Zutaten mit dem Knethaken einer Küchenmaschine zu einem glatten Teig verarbeiten und diesen auf der Arbeitsfläche noch einmal gründlich durchkneten. Je nach Konsistenz noch etwas Mehl oder Olivenöl hinzufügen.

Den Teig mindestens 30 Minuten in einer Frischhaltefolie (oder einem Bienenwachstuch) bei Zimmertemperatur ruhen lassen.
Danach werden kleine Stücke vom Teig abgebrochen, zu haselnussgroßen Kugeln geformt, in die man anschließend mit dem Daumen eine kleine Mulde hineindrückt. Die Nudeln sollten wie kleine Öhrchen aussehen. Die Pasta mindestens eine Stunde trocknen lassen, damit sie beim Kochen nicht die Form verliert.

Anschließend werden die Orecchiette in einem großen Topf mit kochendem Salzwasser bei mittlerer Hitze gekocht. Die Garzeit beträgt ca. 3 bis 5 Minuten und hängt von der Größe und der Dicke der Nudeln ab.

Tomatensoße:

Zutaten:

1,5 kg Tomaten

1 kleine Karotte

1 dünne Scheibe Knollensellerie

4 Zehen Knoblauch

2 Zwiebeln

½ Tasse Wasser

1 TL Rosmarin und 1 TL Oregano

6 EL Olivenöl

½ Tube Tomatenmark

Zucker

Salz und Pfeffer

Zubereitung:

Karotten und Sellerie schälen und in feine Würfel schneiden, ebenso den Knoblauch und die Zwiebeln.

Bei Verwendung frischer Kräuter, diese hacken.

Die Tomaten waschen, die Stielansätze entfernen und die Tomaten grob zerkleinern.

Olivenöl in einem Bräter erhitzen, Knoblauch, Zwiebeln, Karotte, Sellerie und Kräuter kurz darin anbraten. Die Tomaten zugeben und kräftig mit Salz, Pfeffer und einer Prise Zucker würzen. Wasser und Tomatenmark dazugeben und gut verrühren.

Nun den Bräter in den Ofen auf die mittlere Schiene stellen und ca. 40 Minuten bei 200° C einkochen lassen. Bitte zwischendurch nachschauen, das Gemüse sollte keinesfalls zu dunkel werden. Anschließend die Soße pürieren.

Nach Geschmack kann man den Nudeln und der Soße noch geriebenen Pecorino hinzufügen und ein wenig frisches Basilikum.

Niks Lieblingsdessert

Vegetarische Pannacotta:

Zutaten:

400 g Sahne

1 Messerspitze Vanillepulver

½ TL Zucker

1 gestr. TL Agar-Agar

500 g frische Früchte (Himbeeren, Erdbeeren ..., aufgetaute
TK-Früchte funktionieren auch)

Zubereitung:
200 g Sahne steif schlagen.

Die restliche Sahne mit Agar-Agar, Zucker und Vanille
aufkochen.

Die steif geschlagene Sahne mit der heißen Sahne mischen
und in kleine Gläser füllen. Die Pannacotta im
Kühlschrank mindestens eine Stunde ruhen lassen.

Die Beeren pürieren und eventuell ein paar zur Dekoration
zur Seite legen.

Die Soße auf die Pannacotta gießen und mit einzelnen
Früchten schön anrichten.

Danksagung

Vielen Dank an meine Lektorin Konny, die eine wunderbare Art hat, so zu kritisieren, dass es mein Autorenherz nicht kränkt, sondern einfach nur die Geschichte besser macht.

Ich danke auch Torsten Sohrmann von Buchgewand für das wunderschöne Cover.

Michaela, Verena und Tina: Euer Feedback hat mir sehr geholfen. Danke an dieser Stelle.

Nene, mit Dir gemeinsam entstehen die besten Ideen. Fühl dich fest gedrückt!

Danke Claudia F. und Christa S., dass ihr mich auf meinem Weg begleitet.

Und was wäre ich ohne meine Familie?

Ich danke meinen Eltern für ihre Unterstützung in jeder Hinsicht und meiner Schwester, die mich immer wieder ermutigt, meinen eigenen Weg zu gehen.

Mein größter Dank jedoch gilt meinem wunderbaren Mann und meinen großartigen Kindern, die immer an mich glauben. Ihr seid die Besten!

Ich danke euch, liebe Leserinnen und Leser, und hoffe sehr, dass euch die Geschichte von Sofia und Nik gefallen hat.

Über die Autorin:

Susanne Kammerer lebt mit ihrer Familie in Bayern. Vormittags schreibt sie Geschichten und nachmittags ist sie als Taxifahrerin für ihre Kinder tätig. Wenn sie nicht gerade in die Tasten haut, näht und liest sie gerne oder genießt einen ausgedehnten Waldspaziergang mit ihren Lieben. Außerdem hat sie eine Schwäche für Spaghetti mit Tomatensoße und die Gilmore Girls.

Besucht mich gerne auf meiner Homepage:
www.susanne-kammerer.de
oder schreibt mir eine E-mail:
info@susanne-kammerer.de

Ich freue mich auf euch!